講談社文庫

異動辞令は音楽隊！

内田英治

講談社

異動辞令は音楽隊！

男はテレビを見ていた。特段見たかったわけではない。食堂で遅い昼食をとっていたらテレビからその話題が流れてきて、自然と顔を向けたのだ。スポーツニュースだった。それは高校野球に関するもので、とある県大会でぶつかり合う二つのライバル校の話を密着ドキュメントの体裁で放送していて、男は蕎麦《そば》をかき込んでいた手を止めた。

番組はその二つのチームの特性に焦点を当てていた。チームを育ててきた監督の方針が真逆なのである。片方は監督の独裁的な指揮のもとで、いわゆるスパルタ式と呼ばれる厳しい練習に耐えてきたチームであった。もう一方は選手たちの自主性を重んじる方針で、いつも話し合いで戦略が決められる。番組はその良《よ》し悪《あ》しを決めようという趣旨《しゅし》ではなかったし、試合はまだ先でどちらのやり方が優れているのかの判断はできないが、画面には必死で練習に励む両校の球児たちが映し出されていた。若く、何も疑うことなくただ勝利を望む目をカメラはとらえていた。

男は立ち上がった。

もう時間だ。

男も高校時代は野球部に在籍していた。甲子園に行くという夢は早々に破れてしまったが、残りの人生、全力を傾けられる仕事につくことが出来た。

今日の決断がどういう結論に至るかは分からない。

しかしもう決めた。

そう自分に言い聞かせて食堂を出た。


同じころ、ひとりの老女もその番組を見ていた。息子がまだ高校生のころ、野球部に在籍していたので昔を懐かしむつもりでチャンネルを変えずにいたのだ。番組で紹介されているような名門チームではなかったので、息子は早々に野球をやめて高校卒業と同時に就職をした。今では孫が三人おり、その孫たちも高校生になっている。時間が経《た》つのは早いものだとテレビを見ながら考えていた。

家は古いが窓が多い昔風の造りで、今も燦々《さんさん》と太陽が射し込んでいる。七年前に夫が先立ってから八〇歳を過ぎた今もひとりで暮らしている。世間で言われる孤独な老後生活とは程遠く、天気の良い《い》日は近所の友人たちと公園で体操を楽しんだり、たまにはひとりでパチンコにも出かける。息子も一ヵ月に一度は顔を出すので、寂しいこともなく楽しい老後を送っていた。

番組が終わると、いつものようにやることがなくなる。

いつからか、そういうときは過去を思い出して時間を潰《つぶ》すようになった。

今日は先に死んでしまった夫のことが頭に浮かんだ。出会ったころ、夫は町の八百屋で働いていた。八百屋は高度成長の景気とともに小さなスーパーとなり、やがて町で数店舗を展開する大型スーパーとなった。生真面目な夫は、経営者に信頼されて最終的には常務となり会社を切り盛りしていた。自分も夫も派手な生活は好まなかった。昭和四〇年代の夫婦は皆そうだった。コツコツとお金を貯《た》めることが美徳とされていたのだ。老女はひとりになった今も同じ生活を続けている。

夫との思い出をかき消すように突然電話が鳴り響いた。

「わっ、びっくりした」

ベルの音が大きい。

子供が生まれた一九七〇年頃から使っている黒い電話だ。最近は子供に持たされている携帯電話を使っているので、家の電話が鳴るのを久しぶりに聞いた。

「はいはい、ちょっと待ってちょうだいよ」

老女はゆっくりと近づき、受話器をとった。

「もしもし」

「こちら豊槻《とよつき》警察署の原田《はらだ》と申します」

「……警察署？」

警察の厄介《やっかい》になったことなんて人生において一度もない。

老女は一気に降りかかってきた不安を振り払った。

「警察ですか？」

もう一度聞いた。

「驚かせてすみません。最近ですね、高齢者世帯を狙った空き巣被害が増えておりまして、犯罪の未然防止のためにお電話させていただいております」

老女の顔に笑みが広がる。

「何よびっくりしたわもう」

「すいません、そうですよね。みなさんそうおっしゃるんです」

警官というと怖いイメージがあるが、彼は明るい人間のようだ。

「いいんですよ。それでご用件は？」

「空き巣被害防止のための調査にご協力をお願いしたいのです。高齢者世帯のみなさんのデータを集めておりまして、ぜひご協力いただけますとありがたいのですが」

「立て込んでて。そんなに時間かからないのならいいですよ」

時間はたっぷりとあったが嘘《うそ》をついた。この老女の世代は暇であることをよしとはしない。

「ありがとうございます。では、ご自宅で保管されている現金はありますか？」

「はい」

老女は得意げに答えた。

貯金は夫と続けてきた我が家のルールのようなものだった。

――贅沢《ぜいたく》もせずに真面目に努力してきたんですよ。受話器の向こうの警官にそう言いたい。

心の奥で胸を張った。

「危険ですので銀行にお預けされることをお勧めしています。差し支えなければ金額とどういった場所に保管されているかを、お伺いしてもよろしいですか？」

「箪笥《たんす》の奥にしまってて、一〇〇〇万くらいかな。前はもう少しあったんだけど、ほら、もう老い先も短いでしょう。子供たちと旅行に行っちゃってねえ」

「そうですか、お子様たちと。それはそれは楽しかったでしょうね。でも、防犯のほうもくれぐれもお願いしますね。ご協力ありがとうございました」

老女はご苦労様ですと受話器を置いた。

テレビの前に戻ろうとすると、唐突にチャイムが鳴った。

「今日は忙しい日だねえ。はーい。どちらさん？」

「宅配便でーす」

「あら、誰からだろう」

鍵を開けて、玄関ドアを開くと宅配業者の格好をした男が二人立っていた。しかしその顔に表情というものがないことに気づいた瞬間、背の高いほうの男が鉄のスパナを取り出して老女を殴った。

声にならない悲鳴が小さく響き、男は慣れた足取りで家の中に素早く入り込んで老女の口をガムテープで塞いだ。もうひとりの男は土足でズカズカと中に入り、まっすぐ箪笥に向かった。

額から血を流した老女は天井を見上げながら、今までの人生を振り返っていた。それは映画フィルムのようだとよく聞くが、確かにそうだと思った。

八百屋が小さなスーパーになったとき、夫がたくさんの肉を買ってきてすき焼きをした。夫とまだ小さかった子供と三人で肉をつつきながらささやかな幸せを感じたことなどがカタカタと映写されてゆく。

何十年も前のことがこんなに鮮明に記憶に残っているなんて……。歳《とし》をとると昔のことを思い出す時間が長くなるのはなんでだろう。

額の痛みも忘れて老女は小さく微笑《ほほえ》んだ。

成瀬司《なるせつかさ》は老眼鏡を取り、眉間《みけん》をつまむようにマッサージしながら、じっと写真に見入った。刑事は外を出歩いてばかりいるイメージが強いが、じつは書類仕事などのデスクワークも異常に多く、老眼が進むのも早い。

成瀬はあらためて被害者の写真をよく見た。

昭和という時代を生きてきた顔だ。自分も老いた母がいるのでよく分かる。

別の写真には被害者の亡くなった夫と小さな子供と、背後にはスタンド花で入り口を埋め尽くされたオープンしたてのスーパーが写っている。成瀬はそのスーパーをよく覚えていた。子供のころしばしば親の買い物に連れていかれたのだ。

被害者は病院に搬送され一命は取りとめたものの、予断は許さない状態だという。老女が辿《たど》った人生を考えると成瀬は忸怩《じくじ》たる思いに駆られた。自分たち警察がしっかりしていれば彼女の平穏な人生がこうして汚されることはなかったのだ。守ってやりたかった。心からそう思った。

今も目の前では捜査会議が行われているが、いつもと同じように新しい情報は何も出てこない。東京や大阪のような大都市でもないこの県で、連続で老人たちが襲われたのに何の手がかりもないなんて成瀬には信じられなかった。

　警察の捜査能力が落ちた。

　そう考えるしかない。その証拠に、今も続いている捜査報告は聞くに堪《た》えない。

「いったいいつまでやるつもりだ？」と成瀬は自慢の腕時計を見た。かつて娘からプレゼントされたもので、パトカーのイラストが入っているおもちゃの時計だ。成瀬のような大男がしていると余計に目立った。

「次、五班」

　県警捜査一課長の篠田誠《しのだまこと》が声をあげた。

　警察の能力が落ちた原因の集大成だと成瀬が考えている男。それがこの篠田である。目が小さくどこを見ているのか分からないぶん不気味な男で、七三に分けられた髪が異様に黒く目立っており、成瀬は昔から苦手であった。

　別の刑事が立ち上がり報告を始める。

「五班の田浦《たうら》です。現場《げんじょう》の半径二キロ圏内の防犯カメラにはこれまでのところ、不審車両、不審人物等は写っておりませんでした。とはいえ、防犯カメラが少ない地域を選んでおり、ホシはかなり入念に下調べをしていると見られます。以上です」

　篠田はため息をつき声を荒らげた。

「新しい手がかりはなしか。連中は警察を騙《かた》っているんだぞ。恥ずかしくないのか。捜査会議は以上。本日は本部長にご出席頂いているのでお言葉を頂戴する。本部長、お願いします」

制服を着た県警本部長の五十嵐和夫《いがらしかずお》が顔を上げる。

スーツで捜査会議に出席する者が多いが、五十嵐は制服を着るようにしていた。長身で容姿に自信があり、警察の制服が似合うと思っているのだ。

その五十嵐がゆっくりと威厳をもって立ち上がる。

「みなさん、連日ご苦労様です。市民の安心安全を第一に、本件の早期解決と同時にコンプライアンスの徹底をですね、もう一度考えていただきたい」

延々と話が続き、まだしばらく終わりそうにない。

成瀬は新聞を手にとり読み始めた。

時間の無駄だと思った。

五十嵐は成瀬と同じ歳か、もう少し下なのかもしれない。階級は警視監。いわゆるキャリア組だが、その年齢で地方の本部長ということは、そんなに出世しているとは言えなかった。日本警察の官僚制度はドラマなどでもお馴染《なじ》みとなったが、成瀬のような現場の刑事からしてみれば、その徹底ぶりはそんなに甘いものではなかった。

キャリアなんて見たこともない。

成瀬の後輩刑事は冗談でよくそう言っていた。それくらい雲の上の存在だ。もちろん、逆らう人間はいない。

成瀬以外には、だが。

バサバサッ。

新聞をめくる音が静かな会議室にこだまする。

話を続けていた五十嵐がチラリと成瀬を見やる。自分が訓示をしているときに新聞を読んでいる者がいる。五十嵐は目を疑った。日本の警察がその能力をもって高い検挙率を誇ってきたのは、この徹底した官僚制度があるからこそだと五十嵐は考えていた。今なお軍隊並みの厳しさと、上下関係を保持しているのが日本の警察なのだ。五十嵐は東京大学を卒業して、キャリア組として警察に入ったころからその考えを変えていない。

その厳然たる秩序を無視する者がいる。

あの男の顔は知っている。五十嵐は頭を巡らせた。名前は出てこないが問題児として通っている男だ。

五十嵐にとってこの田舎県警への着任は本意ではなかった。本来ならばとっくに東京で要職についているはずだったのだ。すぐにでもここで成果を上げて東京の霞《かすみ》が関《せき》にある警察庁に戻らねばならない。問題児というのは、自身の出世への妨げになる。長い警察人生のなかで五十嵐はそれを肌で学んできた。警察というのは組織だ。いくら自分が頑張っても、部下に足を引っ張る人間がひとりでもいれば、その成果は期待できないのだ。

五十嵐がピリピリしていることに勘づく者は少ない。顔に出ないよう気をつけているからだ。

捜査本部でも若手に入る坂本祥太《さかもとしょうた》は人間の感情の変化を察知する能力に長《た》けていた。それは刑事として犯罪者たちと対峙《たいじ》するときにも大いに役立っていたが、ほとんどは警察内の人間関係の軋轢《あつれき》が生じたときにその能力は（勝手に）作動した。

坂本は現在二九歳。

警察官となって八年が過ぎようとしていた。

四〇〇〇人近くの警察官を擁するこの県警本部の頂点に君臨する「神」が、珍しく今日は捜査本部に顔を出した。アポ電強盗事件が立て続けに起きているのだ。当然そうなるのは予測していた。

しかし自分がコンビを組んでいる先輩刑事がその神にあからさまに反発しているの

だ。

キャリアに抗《あらが》うノンキャリアなど見たこともない。

隣で新聞を読んでいるこの男以外は……。

その成瀬が再び新聞をめくった。

バサバサッと紙の擦れる音が響く。

ついに訓示をやめ、その方向を見る五十嵐。

「君」

成瀬は新聞に夢中で、五十嵐の声はまったく耳に入っていなかった。

「先輩」

たまらず坂本が促した。

「え？」

ようやく成瀬が新聞紙を下ろすと、五十嵐が獲物を狙う猫のような目つきで成瀬を見つめた。

「そんなに新聞が面白いのかね？」

「この会議よりはいい情報が載ってそうですよ。新聞社の連中はよく調べてる」

一課長の篠田が飛び上がった。

「成瀬！　本部長に何を言ってるんだ！」

「いや、いい」

五十嵐は悠然《ゆうぜん》と篠田を制し、瞬時にその対処法を頭の中で巡らせた。

こういった場合の返し方は長いキャリア人生で学んできた。抱擁《ほうよう》するかのようにまずは優しく包み込むのだ。

「なぜ、新聞社の連中がいい情報をとることができて、うちの警察官はそれができないと思う？」

「それは足を使ってないからでしょ」

「足？」

「新聞社の連中のほうが外に出て足を使っているということですよ。長い会議に時間をかけないで」

所詮《しょせん》、昔《むかし》気質《かたぎ》の刑事か。

五十嵐は即座に分析した。

日本全国どこの県警にもいるタイプだ。捜査は時間を惜しまず動き回ることこそが重要で、情報は足で稼ぐのだと信じ込んでいる。しかしそれは違う。捜査は組織力だ。最小の時間でいかにその動員力を使うかにかかっているのだ。ましてや今はデジタル時代である。足なんぞ使わなくても効果的な捜査はできる。

目の前の男が反発してくる理由に、もう少しハイレベルなものを期待していた。

「もういい。以上だ」

篠田に目配せをする。

「はいっ。本日は以上！」

号令係が立ち上がる。

「気をつけ！　敬礼！　解散！」

まるで軍隊のような所作《しよさ》で捜査員たちが敬礼をすると、五十嵐は去っていった。

成瀬は瞬時に資料をバッグに詰め込み立ち上がった。

「行くぞ」

「え？　どこにですか。今から班会議ですよ」

突然、成瀬が坂本の頭を叩《たた》く。

「バカ野郎！　会議で捜査した気になって楽しようとするな！　いつも言ってんだろう！　刑事は外に出て汗を流すんだよ！」

怒声が聞こえたほうを全員がいっせいに見る。

坂本はこの瞬間がいちばん嫌いだった。学校でも家でも声を荒らげられた経験がないのだ。

人前で怒られると、消えてしまいたくなるほどの恥ずかしさを感じる。

「すいません……」

声を絞り出した。

周りの刑事たちは「またか」という顔で見ていた。成瀬の相棒になったのが運の尽きなのだ。可哀想《かわいそう》だが仕方ない。相棒を選ぶ権利は現場にはない。

「分かったんなら行くぞ」

成瀬がどんどん歩いていくと、その背後から声がかかった。

「おい成瀬、どこに行くんだ？」

声の主は篠田課長であった。

相変わらず目が小さく、どこを見ているか分からない。

「聞き込みですよ」

すると篠田の横から井上涼平《いのうえりょうへい》が顔を出した。スキンヘッドのうえに恐ろしく人相が悪い。井上は古参の刑事で定年間近であろうか。成瀬と同じように昭和の匂いを感じさせる刑事であった。

かつての捜査四課で暴力団を担当していたいわゆるマル暴あがりで、性格も荒っぽい。井上は篠田に手厚く遇されており恩義も感じていたので、腹心のような存在となっている。その井上が成瀬の前に立つ。

「軍曹殿よ、各班で分担決めて動いてんだから、勝手な行動するんじゃねえって言ってんだろ」

成瀬は軍曹という大層なあだ名を頂戴しており、刑事部ではその異名を知らない者はなかった。

「空調が効いた部屋で遊ぶのは、お偉いさんに任せときますよ」

「なんだとこの野郎！」

井上が暴力団ばりの怒声をあげた。

「なんですか？　表出ますか？」

昔はこういった警察官同士の喧嘩《けんか》が絶えなかったというが、今は時代が違う。まるで暴力的な映画のワンシーンのような光景を若手刑事たちが呆然《ぼうぜん》と見ている。

「先輩やめましょう！」

ようやく坂本が間に入った。

「井上さんすいません！　成瀬さんもそんなつもりで言ったわけじゃないんです」

「てめえひとりだけがデカってツラしやがって」

「すいません。本当にすいません」

坂本が成瀬と井上の両方に謝り、ようやく騒動が収まる。成瀬は部屋を出ていった。坂本は急いで後を追う。

県警本部のエレベーターに乗りながら成瀬はまだブツブツ言っていたが、坂本は心の耳を閉じた。成瀬と相棒でいるのは大変なことであった。成瀬を刑事として尊敬しているからこそ、余計にその独善的な一面を受け入れることができない。

成瀬は言うだけの実績を持っている。数々の功績で多く表彰されているし、刑事としての勘は県警随一だと坂本は思っている。しかし最近の成瀬は、どこか様子がおかしい。以前はこうまで誰かれ構わず突っ掛かりはしなかった。

一方成瀬は車の助手席に乗りながら事件を思い返していた。

連続アポ電強盗はこれで五件目だ。マスコミには警察の失態として大きく取り上げられていたし、実際にとんでもないことであった。以前の体制であれば、五度も同じ犯行を繰り返させることは絶対になかったはずだ。昭和を生きた昔の刑事たちは多少荒っぽかったし、常識から逸脱した捜査もあったが、地べたに這《は》いつくばりながらも事件を解決してきた。しかし時代は変わった。地べたを這う捜査は敬遠され、足を使うよりも携帯電話やパソコンと睨《にら》めっこする時間が長くなったのだ。

近年の成瀬はいつもイライラしていた。

警察体制の変化についていけず、認めることもできず、自分のアイデンティティが揺らぐのを感じていた。

「お前のそれは中年の危機ってやつだよ。外国じゃミドルエイジ・クライシスって言うらしいぜ」

総務部に異動したかつての相棒がそう言って笑ったのを思い出す。

今の成瀬には自分の未来とどう向き合えばいいのか分からなかった。ただひとつ、刑事としての勘だけが強い意志を持って突き進んでいる。

「先輩、どこに向かってるんですか？」

ハンドルを握る坂本が不安そうな顔で聞いてきた。

成瀬が何も言わずに特定の場所へ向かうときは、大抵いいことが起きなかった。

「西田《にしだ》の家だ」

「西田？……令状とってませんよ」

「会って少し話をするだけだよ」

やがて坂本が運転する車が渋滞にはまり、動かなくなった。

成瀬がイラついて車のドアをトントンと叩いている。駅前の商店街からまっすぐに延びるこの道は、町のメインストリートであると同時に一車線という特殊なつくりで、いつも渋滞を引き起こしていた。どこに行くにもこの道を通らなければならないのが市民たちのストレスとなっている。

「また渋滞か。拡張工事すればいいのに。役所は何をやってんだ」

「市はそうしたいみたいですけど、国土交通省とか県庁となかなか折り合いがつかないみたいですよ」

「今の警察と同じだ。バカばっかだ。問題からみんなが目を背ける。昔は違った。昔のお巡りはな……」

　坂本が珍しく反論する。

「でも、昔と今は、違うと思います」

　成瀬が睨んだ。

「すいません……オレが言いたいのは」

「タラタラ走るな。まわせ」

　パトランプのことであった。

「キンパイ（緊急配備）はもう解除されてるんですよ、さすがにまずいですよ……」

「いいか僕ちゃん。ルールで許れない緊急事態だってあるんだよ」

そう言って成瀬は赤灯《あかとう》を屋根に出し、サイレンを鳴らしはじめた。目の前では車が次々に避けていき、坂本は冷や汗をかきながらその合間をぬっていった。

西田の家は市の西側の少し外れた場所にある。成瀬は幾度となくここを訪れており、ブザーを鳴らすこともあれば、しばらく見張って帰ることもあった。一分でも長く事件に関係ある人間の近くにいること。それを成瀬は長年続けてきた。

成瀬が目をつけている西田優吾《ゆうご》は二七歳。連続アポ電強盗グループに現状唯一繋《つな》がっている人物と目星をつけていた。もっともそれは成瀬の勘であり、その推理は捜査本部ではいっさい支持されていない。

西田は高校を出てから定職につかず、地元の暴走族の先輩たちとつるむようになり、先輩に言われるがままいくつかの特殊詐欺事件に受け子として関与し、逮捕された。本人は足を洗ったと言っており、捜査の結果、アポ電強盗グループとの関与は認められず捜査対象から外れたのだ。

「西田は絶対にグループと繋がっている」

成瀬だけがそう主張してきた。

その西田の家の近くに坂本が運転する車が滑り込んだ。

成瀬は車を降りると、西田の家の前のオートバイを見やった。二七歳になってもまだ違法改造車で夜な夜な町を走り回っている男だ。エンジンを触るとまだ温かい。帰ってきてさほど時間は経っていないはずだ。西田は水商売の母と妹と三人で暮らしている。西田を可愛《かわい》がった祖母は一年ほど前に亡くなっているはずだ。成瀬は家のブザーを押す。

「はーい」

女のやる気のない声が返ってくる。

「宅配便でーす。西田様にお荷物です」

成瀬はアポ電強盗と同じ手口を使った。

ガチャリとドアが開き、水商売風の派手な女が顔を出した。西田の妹だ。成瀬はかまわず踏み込んだ。坂本は一瞬啞然《あぜん》としたがすぐさま警察バッジを見せた。

「お邪魔します」

「え、なに？　なんなの」

西田の妹は明らかに動揺していた。

奥に金髪と、刺青《いれずみ》を入れた細い腕が見えた。台に寝転がって四〇キロほどのバーベルを必死に上げている。

成瀬はつい笑い声を漏らしてしまった。

「荷物誰あて？」

成瀬たちが入ってきたことに気づかずに西田は聞いた。

西田はゆっくりと西田の前に立ち、上から見下ろす。

西田はバーベルを上げたまま動かなくなった。動揺が明らかに伝わってくる。気が弱い男なのだ。

「よお、西田。お前昨日は何してたんだ。え？」

「……家にいたよ」

「嘘つくな」

妹が成瀬の腕を摑《つか》んだ。

「本当だよ！　昨日はあたしがアニキと一日一緒にいたんだから！」

「おい連れ出せ」

命令された坂本は、頼りない顔で西田の妹を外に連れ出す。

「離せよ！　この野郎！」

西田の妹は兄と違い気性が荒いようだ。

成瀬はもう一度西田を見下ろした。

西田が目を逸《そ》らす。バーベルを上げたままの腕がわずかに震えている。

「知らねぇって言ってんだろ……オレ足洗ったんだよ」

成瀬がこうやって西田の前に姿を現すのは四度目で、西田はこの刑事に心底うんざりしていた。

「本当だよ」

今にも泣き出しそうな表情を見て、まるで子供の顔のようだと成瀬は思った。そしてバーベルのシャフトに手をかけた。

もう片方の手で写真を取り出し西田の目の前に差し出す。

上からの角度の防犯カメラで撮られたであろうその写真は、拡大しているせいか画像が荒れている。何名かの歩行者がいて、中心に帽子を深くかぶった人物が写っており、赤い丸で印がつけられている。顔は判別不可能で、背中には黒いリュックらしきものを背負っているようだ。この写真は警察が手にしている唯一のアポ電強盗グループのリーダーの写真であった。西田のような受け子や、実行犯をいくら捕まえてもきりがない。頭《かしら》の逮捕こそが使命であった。

もちろん写真の男がリーダーであるというのも成瀬の勘であり、信憑性《しんぴょう》がないということで捜査本部では却下されていた。

「お前んとこの頭だろ？　え？　知ってんだろ、これが誰なのか？　仲間は何人だ？　全部言え！」

「知らねえよ！」

バーベルを支え続けるのも限界なようで、腕が震えている。

成瀬はカッとなった。昔と違い最近は自分を制御できないことがある。今もまさにその状態だ。

「嘘をつけ！」

成瀬はシャフトにグッと力を入れた。

「な、なにすんだよ？」

西田の顔が恐怖に歪《ゆが》んだ。

四〇キロしか上げられない西田と違い、成瀬の身長は一八三センチで筋肉質だ。西田は必死に耐えているが、バーベルは下がっていき、やがて首元まで近づいた。

「本当のことを言え！」

成瀬がさらに押し込んだ。

鉄のシャフトが徐々に西田の喉にめり込む。

空気の通り道が遮断《しゃだん》され、顔が赤くなっていく。

「言え！」

成瀬の脳裏には被害にあった老女たちが浮かび上がっていた。それは成瀬が同居している母親とも重なる。

「く、苦しい……」

西田は息を吐くことができずに呻《うめ》いた。

今日はこんなもんか。

そう判断した成瀬は片手でバーベルを持ち上げて、台にかけた。西田は咳《せ》き込みながら上半身を起こす。

むせつつも息を必死に吸い込んでいる西田を成瀬は見つめた。

この男は間違いなくアポ電強盗グループの一員だ。力尽くで吐かせたっていいんだ。成瀬はそう思いながら、かたや冷静な自分もいた。

「もう一度聞く、昨日はどこにいた？」

「家にいたって言ってんだろ！　だいたい令状とか持ってんのかよ！」

成瀬が黙ると西田の目が輝いた。

「はは、そういうことか。持ってねぇんだろ。ふざけんなよ！」

警察の密着ドキュメント番組やテレビドラマの影響で、令状というものの存在を今の連中は知っている。

令状がなければ警察は手が出せないと思っているのか？

気づくと成瀬は壁に自分の額を打ち付けていた。

「お、おい、何してんだよ……」

西田にはもう何が何だか分からなかった。ただただ怖かった。目の前の男は何を仕出かすのか分からない怖さがあった。

成瀬は構わず打ち付ける。

「先輩！　何の音ですか！」

音に驚いた坂本が走ってきた。その背後から西田の妹も家の中へ入ってくる。

「先輩……」

成瀬の顔が鮮血に染まっていた。

血が家の床に滴《したた》り落ちてゆく。

成瀬がゆっくりと西田に顔を近づける。

「受け子のチンピラがぁ……警察官に手ぇ出していいのか」

鮮血にまみれた顔で睨まれ、西田は生きた心地がしなかった。こんな野蛮《やばん》な警察官は見たことがない。

「お前、頭おかしいのかよ……何度も言ってんだろ。オレ、何も知らねえんだよぉ」

とポロポロと涙を流し始めた。

妹が西田に抱きついて成瀬を上目遣いで見る。

「お願いです……もう帰って」

成瀬は妹を一瞥《いちべつ》したのち、西田を睨んだ。

「今日は勘弁してやる。オレはしつこいぞ。また来るからな」

と出ていった。

「え、と、あ、あの……、ご協力ありがとうございました！」

坂本も成瀬の後を追って出ていく。

坂本が外に出ると、成瀬は車の前で血を拭っていた。

「おー痛」

「やりすぎです」

「西田を辿れば必ず写真の男に行き着く」

「先輩がやっているのは……違法行為です」

「コンビニだか、コンクリだか知らねえけど」

「コンプラです」

「うるせえ。わけの分からねえ規則の陰で、ばあさんらが一生懸命貯めた金をむしり取られて、ひどい目にあわされてんだ」

「確かにそれは正論ですが、警察にはルールがあります」

「いいか坂本。いまの警察はおかしい。こんなことじゃ弱い者だけが損をする、違うか？　昔はなあ」

「先輩はいつもそればかりです！　昔、昔って。また昭和は良かったって話ですか。時代は変わっているんです。受け入れてください」

成瀬が恐ろしい形相《ぎょうそう》で坂本を見つめる。一瞬殴られるかと思ったが成瀬はプイッと車に乗った。

「行くぞ」

坂本も車に乗り込み、発車した。

一度本部に戻り、成瀬が帰途につくことができたのは深夜一二時をまわってからだった。打ち付けた額はまだ痛むが、とりあえず絆創膏《ばんそうこう》を貼ってある。刑事は常に飢えているべきだと教えられてきた。痛みに耐え、底辺で這いずり回り、飢えて、ようやく犯罪に打ち勝てるのだと。こうして人生の三〇年を警察に捧《ささ》げてきた。今それが揺れ動いている。自分はどうすればいいのか？　成瀬にも分からなくなっていた。仕事との関わり方や社会との関わり方なんてよくよく考えたこともなかった。そのせいで家族も失ったのだ。

家に近づいてくると、玄関前に出したイスにぽつんと座っている人影が見えた。寒そうに身を丸めている。

「またか……」

成瀬は大きくため息をついて近づいた。

「母さん……。こんなところで何をしてるんだ？」

「佳代《かよ》さんがね、今日の晩御飯は平目《ひらめ》の煮付けですって。佳代さん今スーパーに行ってるの」

時計を見ると深夜一時を過ぎている。

「今日は平目の煮付けよ。あんた大好きでしょう」

「母さん、佳代はスーパーになんて行ってない。オレたち夫婦はもうずいぶん前に別れたんだ。何度も言ってるだろ……」

成瀬の母幸子《ゆきこ》は、毅然《きぜん》としたいかにも昭和を生きてきた女性といった雰囲気を漂わせていた。若いころは行動的で、何にでも精力的に突き進む人だった。成瀬は母の遺伝子を受け継いでいるといってもよかった。しかし数年前から認知症を患い、それが年々進んでいるのだ。昼間はヘルパーを頼んでいるが夕方には帰ってしまうので、必然的に成瀬が帰るまで幸子はひとりで家にいることになるのだった。

「ほら、足元気をつけて」

最近は足腰も弱ってきた母を支えながら家の中に入る。

玄関の至るところに張り紙がしてあった。

《佳代はもうこの家にはいません》

《お父さんはもう死にました》

などと書いてある。

認知症の進行とともに成瀬が貼ってきたものだ。

しかし幸子にはまったく効果がない。

「ただいまー。お父さんー、今帰ったよー」

などと無邪気に叫んでいる。

銀行員であった成瀬の父は五年前に亡くなっていた。

「父さんはもういないの」

「そんなわけないでしょう」

「死んだの。ちゃんとこれ読んで」

と壁に貼ってある張り紙をバンバンと叩いた。一年ほど前から、ほぼ毎日のようにこの繰り返しだ。

「嘘よ」

「嘘じゃない。死んだよ、とっくに」

念を押すとようやく諦めたようにしょんぼりした。

母の心の中ではオヤジは永遠に生きているのかもしれない。

成瀬はそんな母の心を思うと少し優しい気分になったが、と同時にいつまでこんなことを続けなければならないのかと憂鬱《ゆううつ》になった。

「さあ、部屋に入って」

と、幸子の手をとりベッドに寝かせる。

「おやすみ」

「うん」

日々、あらゆることを忘れてゆく母の寝顔を成瀬は見つめた。

成瀬が子供のころは優しくも厳しい母であった。それが、こうも変わるのか。そしていずれは自分も……。そんなことを考えながらリビングのソファに横たわると、いつしかそのまま眠ってしまっていた。

明るい光が突然目に入り、成瀬は目覚めた。

母親を寝かしつけてからまだほんの数秒も経っていないように思えたが、すっかり朝になっている。

「法子《のりこ》か？」

成瀬は眩《まぶ》しさに耐えながら聞いた。

窓際に立つシルエットから、若く少々冷たい声が返ってきた。

「早く起きて」

部屋中のカーテンを次々に開けているのは成瀬のひとり娘である法子であった。法子は高校二年生で、学校に行く前にこの家を訪ねるのが日課となっていた。成瀬は妻と離婚しており、法子はここから自転車で三〇分くらいのところで母親と暮らしている。

「ねえ早く起きて」

と、制服の腕をまくり、台所に立つ。法子は毎朝ここで朝食を作ってくれている。それは成瀬のためではなく、大好きなおばあちゃんのためだ。

今日はハムとスクランブルエッグとオニオンスープであった。食卓に並んだ朝食から、幸子は菜箸《さいばし》でハムだけを次々に口に放り込んでいく。食欲は旺盛《おうせい》のようだ。

「はい、おばあちゃん、お箸交換こ」

と法子は幸子の箸を手渡す。

「交換こ」

幸子への接し方は成瀬よりも慣れていた。

「悪いな、いつも来てもらって」

「別に。お父さんのためじゃないし」

成瀬には冷たい法子だが、幸子にはうってかわって優しい。幸子がこぼしたご飯を拾いながら、うまく食事をさせている。

「ほらおばあちゃん、ご飯こぼれてるよ」

幸子は黙々と食べている。

「最近学校はどうなんだ？」

「別に」

「友達の、ほら小学校から仲良しの、桃子《ももこ》ちゃんか。桃子ちゃん元気か？　会ったりしてるのか？」

「誰？　桃子ちゃんて。桃香《ももか》でしょ」

法子が冷たい目で見る。

「……え、ああ、そうだったな」

と成瀬はごまかすようにご飯をかきこんだ。

食卓を静けさが包んでしまい、成瀬は言いようのない焦りを覚える。

するとと法子が静けさを打ち破る。

「そういえば、今度の金曜さ、昼の一時には来てほしいんだけど」

「え？」

「文化祭」

「文化祭……？」

「……あんなに空けとくって言ったのに。おばあちゃん連れてくるって約束だったよね」

法子がすっくと立ち上がった。怒りで顔がふくれている。

「金曜は一日中聞き込みなんだよ」

「もういい」

「おい」

「だからもういいって。ほんとにどうでもいい」

「仕事だからしょうがないだろ」

「人ん家《ち》のおばあちゃんは心配なのに、自分の母親も娘もどうでもいいんだね」

「そんな言い方するんじゃない。可哀想な被害者なんだぞ」

法子は無視したまま成瀬以外の皿を片付け、そのまま玄関に向かう。

「おい法子……」

「私との約束守ってくれたこと一回もないじゃん！」

声を掛ける成瀬のほうを振り返りもせず、そのままドアをバタンと閉めて出ていってしまった。

成瀬が娘とうまくいっていないのは慢性的なことであったが、ここ最近はよりひどくなっていた。成瀬は頭を抱え、横で何事もなかったかのように食後のお茶を飲んでいる幸子を見やる。

「さて、と」

と幸子は湯呑《ゆの》みを置いて立ち上がった。

「どこ行くんだよ？」

「どこって、お父さん迎えに行くんだよ」

成瀬が小さくため息をつく。

「もうすぐ梶原《かじわら》さん来るから座ってて」

梶原さんとはヘルパーのことだ。

幸子を座らせたのと同時に玄関のチャイムが鳴った。

「成瀬さーん、おはよーございまーす」

「あら、おはよー」

元気に玄関に飛んでいく幸子の後ろ姿を見つめる成瀬は再び深いため息をつき、出勤の準備をした。

通勤する人たちで少々混み合ったバスに揺られながら外の景色をぼんやり眺めていると、目の前に座ったサラリーマンが読んでいる新聞が目に入った。連続アポ電強盗事件を解決できないでいる警察への批判記事だ。

そのままふと目を横にやると、優先席で男子高校生らしき若者二人がゲームをしながらキャッキャッと盛り上がっている。

その目の前には、高齢の男性が立っていた。

「お前たち、どこか体の具合悪いのか?」

成瀬が声をかけると、男子高校生たちが驚いた顔で見合う。

「元気なら席を譲ったらどうだ」

二人は恐る恐る席から立ち上がると、逃げるようにしてバスの前方へと移動した。老人がすいませんといった顔で席に座った。

成瀬は子供のころから正義感が強かった。別段そういう育てられ方をしたわけでもなかったが、いじめなどを見て見ぬふりができない。そういう性格だというだけの話で、成瀬も深くは考えたことがなかった。

県警本部前のバス停で降りると、まっすぐに捜査本部に向かった。

《豊槻市における連続アポ電強盗事件特別捜査本部》の看板が立てかけてある。

部屋に入ると、すぐに別班の若手刑事二人を捕まえた。

「おい、ゲソ痕《こん》の鑑定はどうだった？」

ゲソ痕とは犯人が現場に残していった靴底の跡のことだ。

「現場で二三個の足跡を採取しましたが、今のところ製造メーカーの確認がとれているのは一八点です。残り五点については現在確認中です」

「急がせろ」

「はい」

すぐさま別の刑事を呼び止めた。

「ガムテープどうだ？」

「ホームセンターに問い合わせているところです」

「問い合わせてるだと？」

刑事の顔が曇る。

「……はい」

「やれって言ったこと全然やってねぇじゃねぇか！」

「すいません」

「ゆとりだか悟りだか知らねぇけど、最近の若いのは給料泥棒か。足で稼ぐんだよ、足で！」

捜査本部にはかなりの数の警察官がいたが、誰もが黙って見ているだけであった。

成瀬がほかの刑事たちに怒鳴るのはここ最近日常茶飯事だからだ。

最近の成瀬はおかしい。誰もがそう思っていた。

昔は厳しい刑事ではあったが、いつも怒鳴り散らすような人間ではなかった。

「ぼけっと突っ立ってないでマル目《もく》（目撃者）でも探してこい！」

「はい！」

返事をした若手刑事がダッシュで部屋を出ていこうとしたとき、坂本と一緒に入ってきた元マル暴の井上と鉢合わせした。

「お前、そんなに急いでどこ行くんだ？」

若手刑事は井上の班であった。若手刑事が成瀬をチラッと見やる。

井上が成瀬に近づく。

「おい成瀬、こいつはあんたの班じゃねえだろ」

「そうか、そうか、あんたの部下か。だから仕事できねえんだな」

「なんだとこの野郎！」

この二人が取っ組み合いになるのもいつものことであった。

「二人ともいい加減にしてください！」

さすがの坂本も声を張り上げ、ほかの刑事たちが二人を引き離す。

「離せ！　分かったからもう離せ！」

井上が数歩下がった。

成瀬は何も言わずに部屋を出ていった。

廊下に出ると、娘にメッセージを送るのを思い出した。今朝、法子が出ていった後にも送ったが、いっこうに返事がない。

正面から歩いてきた若い刑事を捕まえてスマホの画面を見せる。

「おい、これ、既読がつかないのなんでなんだ？　壊れてるのか？」

「ああ、ブロックされてんじゃないですかね」

「え……ブロック？」

「はい」

「そうか。ありがとう」

スマホ音痴の成瀬でもブロックと呼ばれるものが拒絶を意味することは知っていた。

成瀬は動揺した。

幾度となく娘を落胆させ、怒らせてきたが、ブロックされるのは初めてだ。

その場で急いで電話すると、数回の呼び出し音の後に留守番電話になってしまった。

「法子、明日仕事終わったら少し話そう。もう一度だけチャンスをくれ」

幾度となく約束を反故《ほご》にしてきた相手は娘だけではなかった。

妻も同じだ。

しかしそれは町を守る使命があるからなのだ。なぜ誰も分かってくれない。

成瀬がそんなことを考えていると、背後から課長の篠田に声をかけられた。

「おい成瀬。ちょっと本部長室に顔出してくれ」

「はい」

どうせ小言を言われるのだろう。成瀬はそう思い、篠田のあとについていった。

三〇年も警察官をやっている成瀬でも本部長室に入ったのはほんの一、二度しかない。それくらいキャリアの県警本部長とヒラの刑事の間には開きがある。

警察官の階級は警察法によって規定されていて、上から警視総監、警視監、警視長、警視正、警視、警部、警部補、巡査部長、巡査となる。県警本部長の階級は警視長ないしは警視監である。キャリアは採用後すぐに警部補となり一年足らずで警部となる。これはほとんどのノンキャリアが体験することのない階級で、成瀬も警部補であった。

キャリアは神だ。

別世界の生き物だとされているのだ。

その別世界の住人が目の前に座っている。

この県の警察トップに君臨する男だ。

成瀬と篠田は直立不動である。本部長が手で休めの合図をしない限りはいつまでもそうしていなければならない。しつこいようだがまるで軍隊と同じように、日本の警察は良くも悪くもこうして維持されてきたのだ。

やがて五十嵐が手を上げ休んでよいという許可を出し、話し始めた。

「成瀬君と言ったかな」

「はい」

「君はガサ状もとらずに西田という男を尋問したのか？」

バーベルで喉を絞めたあの男だ。

「話を聞いただけですよ」

「ほう、どんな話だ？」

「アポ電強盗のグループのことです。西田は今もグループと繋がっています。やつを辿っていけば必ず頭と繋がります」

成瀬が自分の推理を並べ立てる。

危険を察知した篠田の顔が硬直した。捜査一課長である自分を差し置いて、ヒラの刑事が捜査方針を述べるなどあってはならないことだ。

「おい成瀬、何を言ってる。西田はもう足を洗っている。そういう結論になっただろう」

以前、捜査本部で集中的に西田を洗ったのだが、西田が小物すぎることや、強盗団との接触がなかったということで捜査対象から外されたのだ。成瀬は納得しなかったが、上層部はそう結論付けた。

もう一度篠田が念を押す。

「西田には構うなと言っただろ。時間の無駄だ」

「でも何も手がかりがない今、もう一度やつを張ったほうが」

「だからと言ってガサ状も取らずに家に上がり込むのか？　それがどういうことか分かってるのか。昔とは違うんだぞ」

「だから言ってるでしょう。話をしに行っただけですよ」

五十嵐の目が光った。

キャリアが敏感に反応する二種類の事象があると成瀬は思っていた。ひとつは部下に反抗されたとき、もうひとつは責任が自分に及びそうになったときだ。現在、その両方で五十嵐が反応している。

「西田本人が脅されたと言っている。目撃者もいる」

「目撃者って西田の妹ですか。ところで……」

成瀬が成瀬たる所以《ゆえん》が今まさに顕《あらわ》になろうとしていた。

言わなければいいことを言ってしまうのだ。

だからこそその実力とは裏腹にヒラの刑事に甘んじてきた。

成瀬が一歩前に進み出て五十嵐を睨み付けた。

許可されていないのに動き、さらに睨み付けるなぞ言語道断である。

「ところで、本部長殿は警察官ですか？」

「何だと？」

「刑事とチンピラと、どっちの言うことを信じるんですか？」

生え抜きで捜査一課長まで上り詰めた篠田でさえ混乱した。

県警本部長にこんな口をきく警察官がいることなんて想像もつかない。

「成瀬お前、本部長に何を言ってるんだ！　言葉が過ぎるぞ！」

「いいんだ」

そう言いながら五十嵐は立ち上がった。

腰が痛いようで手をあてている。

「おーいて。ゴルフでやっちまってなあ」

と言いながら、成瀬の目の前に立った。

「君はもう三〇年目だって？　刑事畑一筋だそうだな」

「そんなに経ちますかねえ。夢中で足ばっかり使ってきたんで感覚がないんですよ」

「異動辞令だ」

一瞬の間があった。

しかし成瀬は予測していたようだった。

「そんなこったろうと思いましたよ。どこですか？　捜査二課ですか？　三課？　それとも組対《そたい》ですか？」

どうせ同じ刑事部門だ。

どこへでも行ってやろうじゃないか。

成瀬はそんな気持ちだった。

「音楽隊に行ってほしい」

「はい？」

予測しなかった言葉だ。

成瀬の隣で篠田は思わず声を出して笑ってしまい、五十嵐に睨まれる。

「あ……失礼」

五十嵐が続ける。

「広報課の係長扱いだ。栄転ともいえる」

「音楽隊って……警察じゃないでしょう」

「音楽隊だって立派な警察の仕事だ」

「……音楽なんてやったことありませんが」

五十嵐がデスクの上の資料を手にとりパラリとめくった。

「経歴にきちんと明記されているじゃないか。七歳から一二歳まで和太鼓を叩いていたと。母親も熱心で、町内会の行事には積極的に参加していたと書いてある」

篠田がまた笑った。

「いや、失礼」

成瀬は言葉を失ってしまった。

警察官は生まれてから現在までの経歴がすべて記録されている。親族の政治思想や宗教、習い事、すべてだ。確かに幼いころ和太鼓をやっていた。町内会の行事に熱心な幸子が、和太鼓を叩く子供が少なくなったのを嘆いて、自分の息子にやらせたのだ。成瀬にとっては、今では思い出すこともないほどの些細《ささい》な経験であった。

「三〇年間警察に身を捧げてきた……それが、音楽隊？　ちょっと上に楯突《たてつ》いただけで？」

五十嵐が微笑んだ。

生意気な部下が屈服する瞬間がたまらなく好きなのだ。

「おいおい、私怨《しえん》で君を飛ばすと思ってるのか？　勘違いするな。ハラスメント対策室に、君に対して精神的圧迫を感じているという投書があったんだ」

成瀬には五十嵐が何を言っているのか瞬時には理解できなかった。

「……投書？　ハラスメント？」

頭が真っ白になった。

五十嵐が席に戻りパソコンを打ち始める。話は以上である、という合図だ。

篠田が頭を下げる。

「失礼します！」

と部屋を出ていくが成瀬は呆然と立ったままだ。

「成瀬！」

その声でようやく足を動かすことができた。

部屋を出る瞬間に、もう一度五十嵐を見るが、五十嵐はすでに別の案件に集中しているようであった。全国に約三〇万人いる警察官のうちのひとりの運命なぞ知ったことではない。そう顔に書いてあるような気がした。

自分の警察官人生を、一瞬で変えられる力を持つ県警トップ。

キャリアが神と言われる理由が成瀬にもようやく理解できた。

その日、成瀬は久しぶりにひとりで酒を飲みに行った。いつしか酒を酌《く》み交わすような仲の刑事もいなくなった。若い連中はそもそも酒を飲まないうえ、時代的に刑事同士が一緒に酒を飲むことが暗黙のうちにタブーとされていた。

成瀬は昔たまに顔を出していた駅前の小さな小料理屋に入った。一〇人も入らないようなカウンターだけの店だが、出てくる料理がうまいのだ。

「いらっしゃい。ずいぶん久しぶりのお客が来たと思ったら、どうしたの？　浮かない顔だね」

ママが何やら音楽をかけながら聞いてきた。成瀬の職業を知っているが、店の中でその話題は出さない。いかにも日本的な佇《たたず》まいの店だが、ママはいつも自分の趣味の音楽をかけていた。だいたいは自身が青春を謳歌《おうか》した八〇年代に流行《はや》った松任谷由実《まつとうやゆみ》か中島《なかじま》みゆきの歌だったが、たまに稲垣潤一《いながきじゅんいち》などをかけることもあった。

今日は何だろう？

成瀬が考えていると中島みゆきの声が聞こえはじめた。

「別に、何もないよ」

成瀬は答えた。
「一〇〇人に同じこと聞いても、みんな何もないって答えるんだよ。本当は何かあるくせに」
とママが笑い、成瀬もつられて笑った。
確かに何もなくはない。
「まあ、すぐに丸く収まる程度のことだよ」
きっとすぐに刑事部に戻るだろう。
成瀬はそう思って気を取り直した。
スピーカーからは歌が聞こえてくる。
《暗い水の流れに打たれながら　魚たちのぼってゆく
光ってるのは傷ついてはがれかけた鱗《うろこ》が揺れるから
いっそ水の流れに身を任せ　流れ落ちてしまえば楽なのにね
やせこけて　そんなにやせこけて魚たちのぼってゆく
勝つか負けるかそれはわからない　それでもとにかく闘いの
出場通知を抱きしめて　あいつは海になりました》
成瀬がまだ一〇代のころ、アルバムに収録されていた歌だ。

その日はママと他愛もない話をして小一時間ほどで店を出て、ほろ酔いのままタクシーで帰途についた。

異動辞令のことは考えてもしょうがない。

家に着いてタクシーを降りると、いつもの場所に幸子がぽつんと座っていた。

「お父さんが帰ってこないの」

成瀬の中で何かが弾《はじ》けた。

「もう死んだって言ってるだろう！」

「なんでそんなに大声出すのよ……」

幸子は子供のように泣き出した。

「ごめん……母さん」

母の涙はほとんど見たことがなかった。記憶にある母の顔はどれも笑顔だ。母に対する申し訳なさと感謝と悲しさとが入り交じり、胸が苦しくなった。そこへ成瀬の携帯が鳴った。見ると、滅多《めった》に来ないショートメッセージである。

《二度と連絡してこないでください》

娘からだった。

《ファイト！　闘う君の唄を

闘わない奴等《やつら》が笑うだろう
ファイト！　冷たい水の中を
ふるえながらのぼってゆけ》
飲み屋で聴いた歌が成瀬の頭の中でリフレインした。

篠田が神妙な顔で立っている。

県警捜査一課の課長としての業務を粛々《しゆくしゆく》とこなさなければならない。気持ちの奥底では厄介者がいなくなってくれて踊り出したいくらいだったが、もちろんそんな様子など微塵《みじん》も顔には出さない。成瀬のようにいちいち感情を表に出していては、この日本で自衛隊に次ぐ巨大組織の中で生き残れない。

そんな篠田の前に成瀬は呆然と立っていた。

まわりを刑事や事務員ら一課総動員で取り囲んでいる。

成瀬の頭の中では「異動」という言葉がまだ消化できずにいた。

八年ほど前にも異動はあった。

捜査三課に異動となり、「ドロ刑」と呼ばれる泥棒を取り締まる担当を数年やっていたことはあるが、それも必ず一課に戻るという条件つきであった。殺人、傷害、強盗などを担当する捜査一課、詐欺や横領などの二課、窃盗の三課や機動捜査隊などを擁する刑事部の中での異動はよくある話であった。成瀬は今回もそんな気持ちでいた。

部署を越境したとしても、公安課や外事課のある警備部か暴力団対策部あたりだろうと。

しかし音楽隊は警務部広報課だ。

総務や厚生課など、主にデスクワークを中心とした部署である。

通常考えられない「越境」を自分がすることになった。

そして目の前ではその越境のセレモニーが催されている。

「数々の難事件を解決に導いた功績は大きい。成瀬君には、捜査一課で培われたガッツで今後も頑張っていただきたいと思います」

したり顔で篠田が演説をし、女性事務員が花束を手に成瀬の前に立った。

こんな女性いたかな。

などと考えながら花束を手にとった。

すると号令係の井上が声を張り上げる。

「気をつけ！　敬礼！」

全員が成瀬に四五度に頭を下げる。

指は体の脇につけ、まっすぐで、ひとりたりともずれてはならない。

直後に拍手が起きて、瞬時に全員がバラバラと解散する。ひとりの刑事がどこの部署へ行こうが興味はない。誰もが自分の仕事で精一杯であった。

「頑張れよ」

篠田だけが声をかけて席に戻る。

嫌味なのか、同じ警察官としての情けなのかは分からない。

少なくともはっきりしているのは、この瞬間から自分は刑事ではなくなったということだ。

早々に立ち去ろうとした成瀬を呼び止める声があった。

「先輩」

振り返ると坂本である。

坂本とは二年もコンビを組んでいた。厳しく接してきたが、坂本は本来優秀な若手刑事であった。しかし妙に優しい部分を持っており、成瀬はそれを懸念して厳しくあたってきた。

犯罪捜査に優しさは無用なのだ。

個人の感情もまた無用なのだ。

法を犯した人間を捕える、ただそれだけである。

坂本も成瀬のそんな気持ちを察してか、人一倍頑張ってきた。成瀬の言う足を使う捜査と、現代人ならではのハイテク捜査を組み合わせることができる数少ない刑事だ。

もっと育てたかった。

そう思った。

その坂本が成瀬に近づく。

何かを言いたそうな表情であった。

「先輩」

そして頭を下げた。

「お世話になりました」

成瀬は初めて坂本に微笑む。

「頑張れよ」

と背中を向けた瞬間、別の声が聞こえた。

「大変だな成瀬」

井上だ。

どうせろくな話じゃないだろう。無視して背中で聞くことにした。

「しかしオレは知らなかったよ。警察にミュージシャンを抱えてる部署があったなんてよ」

声をあげて笑った。

上出来なギャグを言ったつもりだったのだろう。笑えないでいる刑事と、笑いを嚙《か》み殺している刑事に分かれた。

成瀬は静かに井上の前に立った。

「冗談だよ冗談。本気にするな」

その瞬間、成瀬が井上の胸ぐらを掴んだ。

「この野郎やるのか！」

井上もすぐに呼応する。

最後の最後までこうなのか……、誰もが呆《あき》れた。

いつもの取っ組み合いの大騒動となり、捜査一課総動員で二人をようやく引き離した。昭和の猛者《もさ》刑事二人のパワーは凄《すさ》まじい。

「いい加減にしろ！　成瀬も早く行け！」

篠田が大声を張り上げた。

どこまでも問題を起こす男だ。上層部に知られたら面倒なことになる。今回の異動は篠田にとってツイているとも言える。このまま捜査一課長の座には甘んじない。ノンキャリとしての頂点階級である警視長に上がれば、刑事部長だって夢じゃない。

篠田は胸にある野望を夢想しながら人知れず微笑んだ。

捜査一課をあとにした成瀬は、自分の荷物が入った紙袋を両手に持ち、県警の一階ロビーに降りてきた。

花束はエレベーター横のゴミ箱に捨てた。

一階の壁にかかった《庁舎フロアガイド》のプレートを見る。

そこには刑事部、警務部、生活安全部、地域部など、様々な部署が表示されているが、音楽隊の案内がない。

成瀬は受付に声をかけた。

「あの、すいません」

「はい」

「音楽隊はどこですか？」

「はい？」

恥ずかしかった。

「……警察音楽隊だ」

「え、あ、はい」

受付の若い女性警察官は戸惑《とまど》っているようだった。

そしてその背後で段ボールからチラシなどを取り出していた先輩警察官に尋ねた。

「先輩、音楽隊ってどこにあるか知ってますか？」

成瀬の顔が恥ずかしさで赤くなる。

オレは刑事だ。

心のどこかでそう叫ぶ自分がいた。

「音楽隊？　どこだっけ？　そうだ……えっと、バスに乗っていただいてですね……えーと」

「バス？」

「はい、県警前から出ているバスで小野田《おのだ》行きというのがありますので、そちらに乗っていただいて」

説明は延々と続いた。

バスで三〇分以上かかるという。

成瀬は礼も言わずに立ち去った。ショックが大きかったのだ。

「音楽隊ってうちにもあるんですね」

成瀬が去ったあとも受付の二人の話は終わらなかった。

「そうよ、知らなかった？」

「警視庁だけかと思ってました」

「どこの県警にもあるのよ」

「へえ、そうなんですね」

成瀬と同様に、音楽隊についての知識はだいたいこんなものだった。


成瀬はいつもより揺れるバスの一番前の席に座っていた。県警前にやってくるバスの路線とは違って、町からどんどん離れていくバスに不安を感じていた。今や畑道を走っていて道路の状態も悪い。受付の話によると音楽隊の事務所は、自動車警ら隊や機動隊の分駐所の裏手に位置するのだという。

本部前を出発してすでに三〇分以上が経っていた。車内には、老人が三名ほどしか乗っておらず、成瀬は心細くなってきた。

外を見ると畑が広がる雄大な景色がどこまでも続いている。心安らぐ原風景も今や成瀬には先が見通せない荒野にしか見えなかった。

終点小野田、小野田という無機質なアナウンスが流れた。

降り立ったバス停では、生きているのか死んでいるのか分からないほどに動かない老婆が、ひとり波板のトタン屋根と端材で作られた小屋でみかんを売っている。じっと自分を見つめてくる老婆の視線が恐ろしくて、成瀬はすぐに受付で聞いた道順を歩きだした。

三分ほど歩くと大量のパトカーや白バイが格納されている倉庫が見えた。分駐所に違いない。その裏手にあると言っていたが、五分ほど道なりに歩いてもそれらしい建物は見えてこなかった。あたりを見回しても、古い農家の倉庫がひしめき合っているだけである。

「ん？」

よく見ると古い倉庫の前に一台のパトカーが停《と》まっていた。近づいていくと木造で古いが、それは倉庫ではないようだ。入り口にかかっているプレートに顔を近づけると、成瀬の口からつい吐息が漏れた。

《県警広報課分室　警察音楽隊事務所》

古びて今にも消えそうな墨でそう書かれてあった。
再度建物を見上げると、その木造物は今にも崩壊しそうだ。
成瀬の耳が何かの音に反応する。
「何だ？」
虫が鳴くのどかな音に紛れて妙な音が鳴っている。
どこからか音楽のリズムがかすかに聞こえた。
目の前のドアに張り紙が貼ってあるのに気づく。
《ただいま練習中　御用の方は隣へ》
書かれてある隣に目を向けると、これまた古い建物があった。
十字架が目に入った。その建物の前で神父が落ち葉を掃いている。
なぜ教会？
成瀬は訝《いぶか》しみながら神父のほうへ歩いていった。
「こんにちは」
金髪で青い瞳をした神父が、想像以上に上手な日本語で話しかけてきた。
そして突然、成瀬に敬礼をする。
「え？」

成瀬が戸惑っていると、

「ポリスの人ですね」

と微笑んできた。

「はあ」

「どうぞ、みなさん中です」

と教会の中を指さした。

なぜ警察官である自分が神父に案内されて教会に入っていかねばならないのか。成瀬は心の中で問いながら中へと進んでいった。

外見と違い中は意外に広く、ひとつ目のドアを開けるとそこは玄関であった。音はさらに大きくなり耳に広がってきた。

今では音楽隊の演奏の定番となっている曲「パプリカ」だが、もちろん成瀬には分からない。

二つ目のドアを開けると、どっと音が飛び込んできた。警察官になってからというもの、コンサートなどの類《たぐい》は一回も行ったことがなかった成瀬にとって、吹奏楽団の生の音は耳に強引に入ってくる気がして不愉快だった。

大きな部屋の正面の壁の中央に十字架があり、イスをどかした部屋の中は卵を保護する大量の紙パックと段ボールで四方八方の壁が覆われていた。きっと防音のためなのだろう。

成瀬の前では、警察音楽隊の隊員二三名が演奏をしていた。ジャージや仕事着、制服と着ているものはバラバラで、その表情には覇気《はき》がなく、演奏もお世辞にも上手とは言えなかった。

姿勢悪く居眠りする者、考え事をする者。トランペットがミュートを落としたり、譜面台を倒したりと、散々である。

成瀬に背を向けるように指揮棒を振っているのが、音楽隊隊長の沢田高広《さわだたかひろ》だ。定年を目前としているので五〇代後半であろうか。警察官らしくない痩せ型で少し長めの髪をふんわりとあげて横分けにした、太宰治《だざいおさむ》や川端康成《かわばたやすなり》といったまるで文士のような出立《いでた》ちだ。刑事部にはまずいないタイプの警察官だ。

隊員たちに成瀬は見えているはずだが、誰ひとり特に気にも留めない様子で演奏している。

成瀬は所在なげにその場に立って、興味もない演奏を聴いていた。

すぐにトランペットソロが入り、トランペットの女性隊員が立ち上がった。やがてソロ終わりで、沢田が演奏をストップさせる。

「はーい、ここまで。クラリネットは一二小節目のとこ、もう少しテンポ合わせてくださいね」

はーいとのんびりした返事が返る。

ようやく背後にいる成瀬に気づく沢田。

「ああ、ごめんなさいね、気づきませんでした」

「私は……」

「ああ、聞いてます聞いてますよ。遠かったでしょう、本部からは」

「そうですね」

「でも朝とか夕方とかね、太陽が畑に射し込んで美しくてね。バスに乗っているのを忘れるんですよ」

「はあ……」

「えーとみなさん、今日から新しく音楽隊のメンバーになる成瀬警部補です」

返事はなく、誰もが関心なさそうに会釈《えしゃく》か目礼するだけであった。

沢田が繕《つくろ》うように別の話を続ける。

「うちは予算不足でね。練習場もないからここの教会をお借りしてるんですよ。神父さんがいい方でね、もう一五年も日本に住んでらっしゃるんですよ」

成瀬は歴の長い刑事としての習性で、余計な会話を好まない。沢田はどうやら無駄な話が好きなようだ。

ここへ来て五分、すでにイライラしていた。

すると制服姿のひとりの女性隊員が声をあげる。先ほどのトランペットのソロパートを吹いていた隊員だ。

トランペット奏者、来島春子《きじまはるこ》。二九歳。

所轄署の交通課所属。

美しい顔立ちだが、二つの目はそれに似合わず鋭い。おっとりしたタイプではなさそうであった。

「補充はひとりですか？」

その口調はすでに批判めいていた。

「そうですね。今回は成瀬くんひとりだと聞いてます」

そう沢田が答えると、春子の表情が厳しくなる。

「人事はうちの隊をなんだと思ってるんですか？　三〇人以上は欲しいのに、日によって二〇人を切るときもあるんですよ。やっと人員補充してくれたと思ったら、たったひとり？　メンバーが足りなすぎます！」

「まぁ……それは今話すことじゃ……」

沢田が言葉を濁す。争い事が嫌いなのだ。

「ふんっ……」

成瀬が鼻で笑ったのを春子は見過ごさなかった。

鋭い目が成瀬を見据える。

「何かおかしなこと言いました？　私」

「いや、別に」

成瀬の顔は笑っている。

「笑ってますよね。おかしくもないのになぜ笑うんですか？」

「人手不足は刑事部屋《デカべや》も同じだよ。順番があるだろ」

「何ですかそれ？　音楽隊なんかより刑事部のほうが格上ってことですか？」

春子が前のめりになって聞く。

「そんなことは言ってない。ただ優先順位があるだろ。犯罪は順番待ちしないんだ」

「音楽隊も犯罪抑止に貢献してますよ」

また笑う。

「音楽が？　犯罪を抑止？」

怒りが頂点に達して前に出てきた春子を沢田が制した。

「まぁまぁ人事の問題はそこらへんにしてですね……」

成瀬が、正面の壁の十字架の上に大きくかかっている横断幕を見上げた。

そこには『県民と警察を結ぶ音のかけ橋』と書かれてあった。どうやらこれが警察音楽隊のモットーのようだ。

冗談もほどほどにしろ、音楽で何が変わる。

成瀬はそう思ったが口には出さず、別の言葉がポロリと出た。

「短い間ですよ」

沢田が気づく。

「はい？」

「こちらでお世話になるの、短い間かと思います」

「捜査一課に戻るということですか？」

「オレは現場しか知りませんので」

「ま、それは上が決めることでしょう。のんびりやってくださいよ」

「のんびりしてる間に悪い奴らがのさばります」

成瀬はそう言いながら鋭い目を沢田に投げかけた。

沢田は訓練（警察音楽隊では練習を訓練と呼ぶ）を早めに切り上げて、成瀬に音楽隊事務所を案内することにした。

歩きながら沢田は、事始めに隊の話をした。

「何事も歴史を知るのが大事です。自分がやろうとすることのね」

警察音楽隊は戦前の一九三四年（昭和九年）に神奈川県警察音楽隊が発足して以来その歴史は長い。日本全国の各都道府県の警察本部に設置されており、プラスして皇宮警察音楽隊もある。

自治体の数だけ警察音楽隊が存在するのだ。

成瀬は今の今まで警察音楽隊のことを気に留めたことなどまったくなく、沢田の話には驚きを隠せずにいた。

「全員が警察官ってわけじゃないんですよね」

ただでさえ人員および予算不足で苦しんでいる警察組織なのだ。音楽なぞに割く余裕なんてないはずだ。きっと外部の人間で構成されることが多いのだろうと成瀬は考えた。

「いえ、基本的には全隊員警察官です。ま、たまに例外もありますけど」

県警によってはどうしても演奏する人数が確保できない場合もあるという。

「全員警察官……なんですね」

成瀬が再び確認した。

「はい」

成瀬はなぜか強いショックを受けた。三〇年間足を使って捜査してきた。それが犯罪者を捕まえる鉄則だと信じてきた。しかし足は二本しかない。幾度となく応援を必要としたが、人員不足を理由にそれは聞き入れられなかった。そのせいで逃がした犯罪者も多いのだ。

なぜ音楽なぞに警察官を割くのだ。

成瀬には理解できなかった。

必要ないじゃないか。

そんな成瀬の不満げな顔を横目に見ながら沢田が続ける。

「うちは兼務隊なので大変です。警視庁さんとは違うから」

警察音楽隊には大きく分けて二種類あるという。

専務隊。

これは警視庁に代表される、音楽だけを業務とする専務の警察官で成り立っている吹奏楽団だ。警視庁のほか、北海道、埼玉、福岡、兵庫、大阪、静岡、愛知、京都、神奈川、千葉の一一都道府県にしか設置されていない。

兼務隊。

警察官としての業務をこなしながら、その合間で音楽活動をする隊。小学生時代に吹奏楽の経験があるというだけで辞令が下る場合も多い。

「警視庁さんはほら、音大卒のエリートばかりですから、とても太刀打《たちう》ちできませんよ」

と沢田は笑った。

「成瀬さんは私と同じ広報なので練習時間はたっぷりありますね」

「練習？」

成瀬は肝心なことを忘れていた。

「はい。うちは音楽をやる隊なので楽器をやってもらわないとなりません」

確かにそうだ。確かにそうだが、成瀬は自分が楽器を演奏するという根本的なことをまったく考えていなかった。

「オレは楽器なんて……」

ここは沢田が先手を打った。

「和太鼓の名手だと聞いています」

「いや……それは」

「成瀬警部補にはドラムをお願いします」

「ドラム……？」

「はいそうです。和太鼓と同じっちゃ同じだ」

二本の棒を持つ真似《まね》をする。

「待ってください。そんなものオレは……」

「まあまあ。あ、ここが我々の隊の事務所です」

沢田はなんとなくごまかすのが得意のようで、そのまま建物の中を案内し始めた。

見た目は木造で古く、いかにも昭和な建物であったが、屋内はリフォームされており多少現代的であった。入り口近くにいくつかの小部屋がある。

「ここが楽譜室です」

沢田がいちばん手前の扉を開けると、中は壁面がすべて作り付けの棚になっており、その棚に隙間なくギッチリと楽譜が詰まっている。

「うちも戦後からですのでそれなりの歴史があるんですよ。楽譜はその積み重ねですので大切にしてくださいね」

その隣には楽器保管庫。

楽器は警察所有のものもあるが、ほとんどの隊員は自分で購入するという。

さらには個人練習室が続く。

「ほかの隊には防音設備の整った練習室が設けられてるんですけどね、残念ながらうちにはありません。予算がないのでね。なので訓練はすべてお隣の教会で行っています」

さらに奥へと進むと《広報課分室》というプレートがかかった事務所部分に行き着いた。

「ここが仕事場です」

中には古い机やイスが六つほど並んでおり、沢田を含め五名ほどの事務員がここで仕事をしているという。机や棚には書類が積み上がっており、雑多な雰囲気だ。

刑事部では書類をデスク上に置くことが禁止されている。シンプルで何もない空間に慣れている成瀬にとっては馴染めない事務室であった。

「ここが私のデスクです。何かあればいつでも声をかけてください」

デスクの中央に「音楽隊隊長　沢田高広」と書かれたネームプレートが置かれ、その横には隊旗が並んでいる。いかにも歴史が刻まれているといった古い隊旗だった。

成瀬は壁に飾られたたくさんの写真を見つめていた。

「その写真は全国警察音楽隊演奏会のときのものですね」

「演奏会？」

「はい。我々には毎年二つの大きな演奏会があります。ひとつは県民のみなさんをお招きする定期演奏会。それと、全国の隊が一堂に会して演奏を披露する全国警察音楽隊演奏会です。ほかの隊と演奏技術を競い合うんです。成瀬さんにもあの壮観なステージを早くお見せしたい」

戦後なのか古いモノクロ写真から、カラー写真まで数多く飾られていた。

「凄《すご》いでしょう。我々の先輩方が築きあげてきたんです」

そうか、警察音楽隊にも長い歴史があるのか、感慨深い。とは、まったく思わずに成瀬は、こんなに長い間警察は時間と人材を無駄にしてきたのか、と考えていた。

背後からはぞろぞろと片付けを終えた隊員たちが帰ってくる気配がした。

沢田が空いているデスクの埃《ほこり》を払い落としながら言った。

「さ、ここが成瀬くんのデスクです」

成瀬が無表情にそのイスを見下ろした。

ここで何をしろというのか。気が重くなった。すると扉が開く音と同時に「お疲れさまです！」と、ひときわ元気な声が響いた。振り返ると、角刈り頭の筋肉質でいかにも体育会系の大きな体をした国沢正志《くにさわまさし》が扉のところで敬礼をしている。まだ三〇代だろうか、きらきらとした少年のような目をしている男だ。

「自動車警ら隊の国沢です。ここではこいつが恋人です」

と大きなチューバを抱き上げた。

「ジェニーと言います」

「ジェニー？」

「隊では自分の楽器に名前をつけるんです。家族のようなものなんで」

「家族……楽器がね」

もっとも警察音楽隊に限らず楽器に名前をつけることはポピュラーな習慣である。

国沢が再び敬礼をする。

「よろしくお願いします！」

「ああ……」

国沢が深々と頭を下げた先に、春子が制服姿で出ていこうとしているのが見えた。急いでいる様子だ。

「春子さん！」

頭を上げた国沢が呼び止めた。

「交通課の春子さんです。春子さんほら自己紹介」

「子供迎えに行かないといけないの」

「いいじゃないですか、挨拶《あいさつ》くらい」

春子が成瀬のほうに向き直った。

「トランペットの来島春子です。刑事さんには何かと不満な点もあるかと思いますが、よろしくお願いします」

と、言うなり時計を見て飛び出ていく。

春子と入れ違いに、色白の美男子だがどこか卑屈《ひくつ》さが垣間《かいま》見える若手隊員の北村裕司《きたむらゆうじ》がサックスを手に入ってきて、手入れをはじめた。

北村はいつも無表情で、国沢とは対照的な隊員であった。

「こいつは同じ警ら隊の北村です。成瀬さんと同じ元刑事です」

国沢が紹介すると成瀬が顔をしかめる。

「元?」

「元刑事と言うか元刑事志望ですね。捜査実務講習のとき犯人を取り逃がしたんですよ」

「余計なこと言わないでくださいよ！」

捜査実務講習とは正しくは「捜査専科講習」のことで、北村は刑事になる一歩手前で大きなミスをやらかし、今も制服勤務のままでいた。逮捕した麻薬所持の容疑者が「トイレに行きたい」と言い出し、まんまと窓から逃げられてしまったのだ。

北村は刑事ドラマの影響で、幼いころから刑事になることが夢であった。音楽隊も志願したわけではなく、吹奏楽経験者というだけで所属となってしまったのだ。

北村は刑事への夢を思い出したくなかった。頭に浮かぶと胸が苦しいのだ。

「巡回行きますよ」

北村が話題を変えた。

「分かったよ。そう怒るなって」

北村と国沢は自動車警ら隊でコンビを組んでいるという。

沢田が話に割って入る。

「みんな通常業務もあるので訓練の出席率は悪いんですが、こうやって楽しくやってます」

楽しく？

警察官が楽しくある必要はない。成瀬はそう考えていた。

北村と国沢が巡回の支度をはじめると、ヘルメットを手にした交通機動隊の青い制服姿の中年の隊員が入ってきた。

「あ、広岡《ひろおか》くん、ちょうどよかった」

広岡達也《たつや》は沢田と同じ歳で、髪には白髪が混じっている古参の音楽隊隊員だ。

「なんだよ、これから夜勤なんだよ」

「成瀬くんの教育係やってほしいんだ」

「教育係?」

成瀬がまず反応した。

「広岡くんは私と同期でね。隊ではパーカッションをやってもらってるんだ」

地獄の警察学校を出てからいつも自分で考えながらやってきた。

成瀬の思いとは裏腹に、目の前の広岡はまんざらでもなさそうだ。年は六〇前のはずだが、好々爺然としている。

「あんたどんな音楽聴くの?」

広岡が聞いた。

「音楽?」

「そう、音楽。いろいろあるだろ、ロックとかジャズとかクラシックとか演歌とかさ」

「自分は音楽は聴きませんね。そんな時間はありません」

「ダメだよーそれじゃ。音楽隊に配属されたんだからさ、好みの音楽を作らないと。例えばさ、ドラムを担当するならロックだよね。そうだろ国沢」

「え？　は、はい。そうですね……」

国沢もかつて新人のころはロックを聴くことを強要されて、ただでさえ好きじゃなかったものが余計に嫌いになった記憶があった。ロック好きオヤジは面倒くさい。広岡のせいで隊の中ではその考えが多数であった。

その広岡は夢中で話を続けていた。

「で、ロックといえばパンクだよ」

「パンク？」

「エイトビートができればいいんだよパンクは。不良の音楽だからさ」

話し始めると止まらないタチのようだ。言いながら棚の上に置いてあったカセットテープを取り出して古いラジカセにセットする。

「ラフィンノーズ知らないだろ？」

「ラ……なんです？」

「ラフィンだよ」

ラフィンノーズは八〇年代から今なお活動しているパンクバンドで、広岡は高校時代からファンであった。

ラジカセを再生させると大音量でその〝パンク〟とやらが流れた。

「どうだ、いいだろ?」

交通機動隊の制服で曲に合わせてひょこひょこ跳ねている中年の姿が、何とも形容し難い。やがて拳を突き上げ始めたので、成瀬は何も言わずにその場を去り外に出た。

いったい何をやってるんだオレは……。

広大な畑に夕陽《ゆうひ》が沈んでいくのを眺めながら、大きく息を吐いた。

ここは刑事部とはあまりにも……あまりにも遠く離れた場所であった。

その足で駅前の歌謡曲が流れる小料理屋に寄り酒を飲んだ。

近所に住んでいる妹に電話して、幸子の面倒は見てもらっていたので時間を気にする必要はない。

今日は本当に多くのことが起きすぎて、酒を胃に流し込みながら情報を整理したかった。

ひとつ分かっていることは、自分が人生の分岐点にいるということだ。

「ママはなんでこの店始めたの？」

このままだと人生について考えてしまいそうなのでママに話をふった。

「別に理由なんてないわよ」

「そんなことないだろ」

「何かを始めるのに理由を考えてるから生きづらいんじゃない、今の時代はさ。人生に意味なんてないんだから」

そんなことを言う割には、意味深な歌がかかることが多いじゃないか。

成瀬はそう考えながら酒を飲みつづけ、やがて終電に間に合うように店を出た。

繁華街にはまだ人が溢《あふ》れ、近い場所では暴走族が走り回っているようだ。

ほろ酔いで歩いていた成瀬が呆然と立ち止まった。

道を挟んだ向こう側を制服姿の法子が歩いていた。

時計を見ると一一時を過ぎている。補導されてもおかしくない時間だ。そして何よりも茶髪の男と一緒なのがショックであった。

気がつくと成瀬は道路を渡っていた。

一台の車が急停止してクラクションを鳴らしたがかまわず歩いた。

「法子！」

呼びかけると法子が立ち止まった。

男は二人いるようだ。

「法子、こんな時間に何してるんだ」

法子が一瞬困惑した顔を見せたが、すぐ冷静な目で成瀬を見た。

「関係ないじゃん」

法子は戸惑っている男二人の腕をとって歩き出した。

「行こ」

「法子。おい待て!」

急いで法子を追いかけ腕を摑んで、振り向かせた。

「触らないで! お酒臭い! なんなの? 今日は聞き込みなんじゃなかったの」

成瀬の腕を振り払い、再び歩き出した。

「待てと言ってるだろ」

と、成瀬は法子が背負っていた大きなリュックのようなものに手をかけた。

その瞬間、リュックが地面に落ちた。

バンッという鈍い音が響く。硬いものが入っているようだった。

「何すんの!」

法子が拾い上げる。

暗くてよく見えなかったが、それはギターのソフトケースであった。

法子は急いでジッパーを開け、ギターを取り出し壊れていないか確認した。

「あ……」

ギターにヒビが入っている。

成瀬はどうすればいいか分からず立ち尽くした。

法子の目からは大粒の涙がこぼれ落ちている。

「一生懸命バイトして買ったんだよ、このギター……」

ゆっくりとギターをケースに戻す。

「今日は文化祭だったの……言ったじゃんこの前」

「え？　そんなこと知らないぞ」

「朝ごはんのとき言ったじゃん。お父さんが覚えてなかっただけでしょ。……私バンド組んでて文化祭で演奏したの、今日。で、その帰り！　片付けしてたら遅くなったの！」

一緒にいた男たちをよく見ると、法子と同じ歳くらいの男の子で、二人ともそれぞれ楽器ケースなどを持っている。

「法子……すまん、あのな」

法子が突然、成瀬が腕にはめていた時計を剝ぎ取った。法子がまだ小学生のころにプレゼントしたものだ。子供用の時計なのでベルトはすぐにちぎれた。

「いつまでこんなものしてんの」

道に叩きつけた腕時計を足で踏み潰した。

法子がゆっくりと父の前に立つ。

「二度と私の人生に関わらないで」

小走りに去っていく娘。

あたふたと男の子たちも後をついていく。

後ろ姿を見ながら、成瀬はその場に立ち尽くした。

地面を見下ろすと、無惨にも腕時計がバラバラになっている。飛び散った文字盤には、パトカーのイラストが描かれていた。

「パパ！　お誕生日おめでとう。お仕事頑張ってね」

あのときの法子の声が脳裏で再生される。

「法子……」

娘の名前が口から漏れてしまう。そのとき、法子の背中は見えなくなっていた。

それから、時間があっという間に過ぎた。

二度と自分の人生に関わらせないと宣告されたあの日から法子はぱったりと家に来なくなった。いや、正確には成瀬がいるときだけ来なくなったのだ。成瀬の仕事中には幸子に会いに来ていると、ヘルパーの梶原さんから聞いた。

成瀬は法子の言葉を頭で反芻《はんすう》しながら、音楽隊の訓練に通いつづけていた。連日の猛暑が日本を襲い、エアコンの効きがいまいちな教会での訓練は、音楽隊の隊員たちの士気をさらに下げていた。

団扇《うちわ》であおいだり、氷嚢《ひょうのう》を頭に載せていたり、ズボンを膝までまくり上げて足を投げ出したり、タライに水を入れ足を突っ込んでいる者もいたりで、もはや訓練とは呼べない状態となっていた。

個人練習の時間で、各々《おのおの》があちこちで楽器を鳴らしている。いちばん奥ではジャージ姿の成瀬が広岡のドラム指導を受けていた。成瀬が使っているのは一般的なドラムセットで、バスドラム、スネアドラム、タムタム、フロアタム、ハイハット、クラッシュシンバル、ライドシンバルという構成であった。

広岡のリズムに合わせて成瀬がドラムを叩く。

「ワンツースリーフォー、ワンツースリーフォー、そうそう」

配属された次の日からドラムの訓練がはじまり、和太鼓と同じようなものだろうとたかをくっていたら、まったく違う代物であった。それでも、しばらくの間我慢をしていればすぐに刑事部に戻れると考え、無心でドラムの指導を受けていた。

その甲斐あってシンプルなエイトビートをはじめいくつかのリズムパターンが叩けるようになっていた。

「後輩よ、君はなかなか筋がいいと思うよ」

広岡が言う。

確かに自分で思ったよりリズムを取ることができた。幼いころ、幸子はそこに気づいて和太鼓をやらせたのだろうか?

しかしリズム感がいいのと、やる気があるのとではまるで話が違う。成瀬は、数ヵ月で刑事部に戻る話が浮上するのではないかと期待していた。連続アポ電強盗事件はいまだ解決していなかったし、何よりも刑事部は究極的な人員不足だったからだ。最近ではOBも駆り出されるくらいで、自分のようなベテラン刑事がこのまま放置されるとは思えなかった。

しかし、あれからずいぶん経ったが、何の音沙汰《おとさた》もない。

苦い気持ちでドラムを叩いていると、どこからか子供の声が聞こえた。視線を練習場の隅に向けると、六歳くらいであろうか、ひとりの男の子がおもちゃのパトカーで遊んでいた。

「ぶーん！　ピーポーピーポー」

法子も小さいころは、ああやってパトカーのおもちゃで遊んでいた。友達はみんなお人形で遊んでいるのに、法子だけはパトカーだった。

「蓮《れん》。いい、もう少しで終わるからね、おとなしくここにいて。分かった？」

「うん」

春子の息子であった。

警察官が職場に子供を連れてくることは許されないはずだが、確かにこの教会であれば問題になることはないのかもしれない。

なんとなく目に映る母子を見ていると、広岡の声が聞こえた。

「そろそろいけるかな」

「え？」

広岡が隊員たちのほうを見る。

「みんな！　成瀬の腕が上がってきたから、ちょっと披露してみようかと思うんだけど」

やる気のない拍手がいくつか聞こえた。

すると突然、成瀬が立ち上がった。

「今日はやめておきます。休憩します」

やってられない。

立ち上がり、練習場を出ようとしたとき、背後から声が聞こえた。

「元刑事様だから、こんな場所はさぞお嫌なんでしょうね」

振り返る成瀬。

声の主の北村が、やる気なさそうにサックスを構えた。

戻って北村の目の前に立つ成瀬。

一八〇センチを超える巨漢が、北村を見下ろす形になった。

三〇年刑事として修羅場をくぐってきた。その体の芯から滲《にじ》み出る貫禄《かんろく》というか、厳しさのようなものが成瀬にはあった。

全隊員が息をのんだ。

今日は沢田がいないのだ。

鋭い視線で北村を睨みつける成瀬。

「な、なんですか？」

ようやく北村が声を絞り出す。

「その通りだ」

「え？」

「オレは音楽なんかやるために警察官になったわけじゃない」

そう言い捨て、成瀬は練習場を出ていった。

息を吐く北村。冷や汗をかいていた。

「そんなもん、こっちだって同じだよ」

と言い捨てサックスのチューニングを始める。

成瀬が教会の玄関ドアに手を掛け、外に出ようとすると、また背後から声がかかった。

「ちょっと待って」

春子だった。

そのまま成瀬の正面にまわり、成瀬をまっすぐ見据える。

その意志の強さは瞳から瞬時に分かる。刑事になればいい仕事をするだろうに、成瀬はそう思った。

「隊員を威嚇《いかく》するのはやめてください」

「なんだって？」

「ここは刑事部じゃないんです。ああいう態度、やめてください。あなたみたいな男性、私いつも現場で相手してるから怖くないの」

「現場って交通課のか」

そう言って出て行こうとすると、目の前に蓮が立っていた。

じっと成瀬を見つめている。

蓮は子供ながらに母の職業を理解している節があった。ママはお巡りさんで、だからこそ忙しくて、ほかの家の子のようにかまってもらえないのだと。それは仕方ないことだと思っていた。目の前のおじさんは、そんなママを困らせている。蓮は男をじっと見つめた。

「蓮、ほら行くよ」

春子に連れられて蓮は部屋に戻った。

成瀬は仕事が終わると、帰る方向とは逆の電車に乗り五つほど行った駅に降り立った。県警本部がある駅ほど大きくはないが、それなりに駅前は賑《にぎ》わっている。駅を出て一〇分ほど歩いたところにある居酒屋へと向かった。店先に立つと、持参した手土産を確認して中に入る。

カウンター五席ほどのこぢんまりとした店内には、あちこちに船のプラモデルが飾ってあった。ほとんどが日本海軍の戦艦のようだ。

「こんにちは」

するとカウンターのいちばん奥で老齢の男が微笑んだ。男の名前は長谷川《はせがわ》といい、かつて刑事部で成瀬の先輩であった男だ。

叩き上げの厳しい先輩で、当時は怒鳴られてばかりだった。成瀬はそれでも長谷川に喰《く》らい付いて一人前になった。今の若者には理解できないだろうけれど、昭和世代の厳しくも愛のある師弟関係であった。その長谷川も七年前に退職した。退職後しばらくは交通安全のボランティアなどをしていたが、半年ほど前に趣味も兼ねた居酒屋を始めたのだ。

「おう成瀬」

「先輩、ご無沙汰してます」

「入れ入れ」

「なかなか来られずにすみませんでした。これ、つまらんものですけど」

手土産を渡す。

「悪いな、気をつかってもらって。まあ、座れ」

「すいません、忙しい時間に」

「開店前だから大丈夫だよ。客も滅多に来ないしな」

と長谷川は手先を動かしている。

よく見ると、船の模型を作っているようだ。

「ああ、これか？　趣味だよ趣味」

こんな趣味があったとは現役時代は聞いたことがなかった。そもそも模型を作る時間なんてなかったはずだ。

「今は戦艦長門《ながと》と格闘中だ。知ってるか？」

「いえ」

「まあ知らなくてもいい。ビールでも飲むか」

模型を作る手を止め、ビールを取り出し、成瀬に差し出す。

「噂《うわさ》は聞いたよ、音楽隊だってな」

「そうなんですよ」

　さすがに長谷川はほかの刑事たちと違ってからかったりはしない。

「……まさかこの年で音楽隊なんて、想像もしていなかったです」

「音楽隊も警察の仕事だよ」

　長谷川が本部長と同じことを言うとは思ってもみなかった。

「お前も何年かしたら定年だろ。早めに引退したと思って、本気でやってみたらどうだ？」

「何をです？」

「ドラムをさ。ドラムをやってるんだろ」

「え？　いや先輩。やっぱり抵抗があるというか……」

「四〇年警察官を勤め上げて退職してみたら、意外とな、手に残るものがないんだ。そりゃ全身全霊かけて捜査してホシを捕まえたし、お前みたいな後輩もしっかり育てたし、いろいろ誇りもあるけれど。終わってみればオレの手に残ったものは……何もなかった」

　成瀬は目の端で戦艦をとらえた。

　そのとき、扉が開きサラリーマンが二人入ってきた。

「お……開店の時間だ。まあ、ゆっくり飲んでいけ」

「ども大将！」

客が席に座る。

「まいどっ」

「生ビールとレモンサワー」

「はいよ」

急いでビールサーバーから生ビールを注ぐ長谷川。そんな長谷川を複雑な心境で成瀬は見つめていた。飲食店では当たり前と言えば当たり前だが、成瀬はそんな長谷川を見たくなかった。成瀬が知っているのは、仕事の鬼である刑事だ。

「そいや大将、この前ここで会った大《だい》ちゃんに聞いたんだけど。大将、元刑事なんだって？」

「……ああ、そんなときもあったね」

「うわすげー！　刑事だってさ」

客が勝手に盛り上がり始めたのを見て、成瀬は席を立った。

長谷川もきっと見られたくないだろうと思い、駅に向かった。

歩きながら思わず夜空を見上げた。星が空一面に広がっているだろうと期待したのだが、そこにはまっ黒な闇が広がっているだけであった。

男には二つの顔があった。

ひとりの子供の父親の顔と、犯罪グループの頭の顔だ。

男は目を閉じていた。音色がすっと脳に溶け込むようになってきた。新しいバイオリンを買ったせいか、息子の音の色が違ってきたのだ。

この調子なら早ければ中学から海外にやれるかもしれない。クラシックに関して言えば早い段階で留学させなければ、勝算はない。スポーツとは違い、すべては感性の成長にかかっている。それには早く環境を整えなければならないのだ。そのための資金は調達してある。しかし十分ではなかった。もう少しだ。もう少しだけ仕事を続ける必要がある。

目を開けて息子の顔を見ると、小さく呼吸をした。

信じるのだ、息子の努力を、息子の才能を。そう念じていると携帯が鳴った。携帯など切っておきたいが、この仕事でそれは許されない。

「はい。はい、了解。ではそれで」

仕事の決行の確認であった。電話を切ると再び演奏に耳を傾けた。

西田が頭への報告の電話を切った。顔を知らないのにいつも恐怖を感じる。体から汗が溢れ出て、Tシャツを濡《ぬ》らす。数日前に購入したばかりのイタリアのハイブランドTシャツだ。三万円近くするのをようやく買った。こんなに汗が出るならば、量販店で買ったのにすればよかった。西田はそんなことを考えながら、運転席でジッと目の前の家を凝視している。助手席にひとりと、後部座席にもうひとり、合計三人の男たちがこの車に乗っている。

「おい、ちゃんと見てんのかよ」

「は、はい」

このチームのリーダー格である男に睨まれて、西田が小さくなる。本来、根が気弱なのだ。それは自分でも分かっていた。流されやすく、権力的なものには逆らえない性格。こういった特殊詐欺のグループにとって理想的とも言える男。西田はそれが自分であることをよく分かっていた。

二人が車を降りて家に向かった。

特殊詐欺。その中でも、いわゆるオレオレ詐欺は時代とともに大きく変化してきた。暴力団の弱体化とともに、グループも細分化され、何よりも危険が少ないという理由で発生件数が急増していた。シングルマザーである母親に育てられた西田は、老女を狙うことで良心の呵責《かしやく》を覚えてはいたが、暴力団やほかの犯罪グループと直接絡むことになってしまう麻薬密売や恐喝を仕事にするよりは、老人相手の詐欺のほうが楽だと考えた。一〇〇兆円とも言われる日本の個人保有の現金。多くの犯罪グループがそれを狙っており、西田はその末端の一員であった。

近年は確実に現金を強奪するために、電話で金の隠し場所を確認した直後に押し入る手口が主流となっている。今のところ殺しにまでは至っていないが、気弱な西田はいつまでも慣れなかった。だからこそ運転や現金の受け取りなど、下っ端の仕事しかやらせてもらえないのだ。

チャイムが鳴る音が車内にいても聞こえた。「はーい」と返事をする声……。

西田は耳を塞いだ。

成瀬が長谷川の店に行った次の日もドラムの訓練は続いた。もともと持っているリズムセンスが良いのか、ドラムの腕がどんどん上達するから皮肉であった。

「この調子なら次の演奏会でデビューできるかもしれませんね」

沢田は言ったが成瀬の耳には入ってこなかった。音楽隊からいつ抜け出せるのか。

そればかり考えていたのだ。

広報課の所属なので、訓練が終わると分室でのデスクワークが続いた。割り振られた広報の仕事は、成瀬の年齢的にもさほど重要なものはなく、コツが分かれば誰でもできるような作業ばかりだった。

いつもと同じように仕事をこなしながらテレビから流れるニュースを見ていると、成瀬はふと思い出して懐《ふところ》から一枚の写真を取り出した。それは成瀬が連続アポ電強盗のリーダーと目している男の写真で、ずっと手帳に挟んでいる。

写真をじっと見つめた。

三年ほど前、成瀬は捜査三課と合同で、とある強盗傷害事件を追っていた。当初は単純な空き巣かと思われたが、同じ手口の被害が連続して発生し、やがて家主が襲われるという傷害事件に発展した。成瀬は犯人グループのひとりを特定し、リーダーと思われる男との接触を粘り強く待った。

そしてついにその日がやってきた。

成瀬の目の前にその男は姿を現した。帽子をかぶっていたが、その顔を頭に叩き込んだ。しかし危険を察知したリーダーは逃亡。警察は逮捕目前で取り逃がすという大失態を犯したのだ。その後、似顔絵を作成するなど行方《ゆくえ》を追ったが、結局逮捕することはできなかった。以降被害は出ることなく、いつしか捜査も縮小されてしまった。そんな過去の事件と、今回の連続アポ電強盗事件の手口がよく似ていた。

この男がホンボシに違いない。より稼げるアポ電強盗犯となって再び現れたのだ。

そう確信している成瀬の気持ちなどまったく知らずに、沢田が部屋に入ってきた。どうやら本部の広報課に行っていたようだ。

「成瀬くん、これ」

サッと写真を隠す成瀬。

「はい？」

沢田が白い音楽隊の制服を差し出した。

「音楽隊の正装ですよ。成瀬くんきっと似合うだろうね」

受け取ってじっと見つめた。

こんなものを着なければならないのか……。制服の純白さがますます成瀬の気を重くさせた。

突然テレビからニュース速報が流れた。

「速報です。警察によりますと、本日午前、豊槻市内で再びアポ電強盗が発生しました。被害にあったのは市内に住む大里《おおさと》ミヨさん七九歳。ガムテープで口を塞がれ

「……」

その瞬間、成瀬は制服を放り投げて部屋から飛び出ていった。

「おいっ！　成瀬くん！」

床に落ちた制服を悲しい目で見る沢田。

「なんだよもう……汚れちゃうじゃないか」

ぶつぶつ言いながら拾い上げて埃をはたく。

成瀬が音楽隊にやってきてずいぶん過ぎたが、いっこうに馴染む気配がない。やはり前例が少ない刑事部からの異動は難しいのか。そんなことを考えながら沢田はテレビを見やった。

「警察はいったい何をやってるんだろうね」

まるで他人事《ひとごと》のように呟《つぶや》いて、ため息をついた。


部屋を飛び出した成瀬は全力疾走でバス停まで行き、時刻表を確認した。

次のバスまで四五分もあった。一時間に一本程度しかバスがないのだ。

ふと視線を感じると、いつものみかん売りの老婆がじっと成瀬を見つめている。

老婆と目が合った瞬間、成瀬は走りだした。

運動不足がたたって足がもつれたが、本部へ向かう国道を走った。何かが成瀬を駆り立てた。

心臓が張り裂けそうになるまで走り続けた。このまま心臓が止まってもいいと思った。

やがて汗だくの男が県警に入っていった。

入り口で警備にあたる立番の警察官が一瞬止めようとしたが、その全身汗でびっしょりの、何よりもその異様な形相にたじろぎ、思わず敬礼して見送る。

成瀬の肺は限界値を超えるほどに拡張と収縮を繰り返し、息が詰まってハアハアと大きな声が漏れていた。

運悪くエレベーターに同乗してしまった者たちの顔に緊張が走った。七階の刑事部で降り立つと再び廊下を走り、連続アポ電強盗事件特別捜査本部のドアをバンッと開け放った。

「またやられたんだろ！　どういう状況だ！」

汗だくで飛び込んできた男を刑事たちがいっせいに振り返る。

ズンズンと中に入っていく成瀬。興奮して顔が紅潮している。

「坂本！」

名前を呼ばれ困惑する坂本。隣には新しい相棒がいる。

「先輩……」

「クソッ！　警察をナメやがって！　おい、現場はどうなってんだ！」

部屋にいた刑事たちは成瀬だと認識すると、「またか」というような表情でこの厄介者に視線を送った。

たまりかねた坂本が立ち上がり、成瀬の肩を摑んで揺さぶった。

「先輩！」

ハッと我に返る成瀬。

坂本が憐《あわ》れむような顔で見ている。

「情報は教えられないんですよ……分かってますよね。先輩はもう、ここの人間じゃないんです」

成瀬がようやく刑事たちの顔を見る。

迷惑そうでもなく、慈悲深くもなく、全員のシラけた目が成瀬に刺さった。

「……そうだった。そうだったな……でもな、西田はグループと今も繫がってるんだ……」

汗にまみれた手で、手帳から写真を取り出す。

「頭だ。西田を張れば絶対にこいつに行き着く」

　バンと机を叩く音がする。

「もういい加減にしろ、成瀬」

　奥にいた篠田が立ち上がった。

「自分勝手なでたらめばっかり並べやがって。出ていけ」

　刑事たちも、今や憐れんだ目で成瀬を見ていた。

　成瀬は坂本に促されながら歩き出した。

「坂本、分かったな、西田だ、西田を張れ」

「お前はもうデカじゃないんだ。部外者の意見なんぞいらん」

　と井上が穏やかに言った。

　会議室を後にし、とぼとぼと廊下を歩く成瀬の後ろ姿が誰よりも小さくなっている。

「クソ……」

　力なく言葉を吐いて、成瀬は写真を破り捨てた。

「クソ……」

　もう一度呟き、歩き去っていく。

坂本がじっとその後ろ姿を見つめている。

成瀬とは刑事部に配属されてからずっとコンビを組んでいた。古臭い考え方や、独善的な物言いが嫌いだった。一方で犯罪被害者に対する思い入れが人一倍強く、正義感に満ち溢れている成瀬を尊敬もしていた。

踏ん反り返るばかりだった大きな背中が、今は小さくなっていた。


長い一日だった。成瀬は家に帰るとテレビの前に座った。幸子が無表情に時代劇を見ていたので、その横で一緒に見続けた。

幸子の様子がおかしくなってきたのはいつからだったろうか？

いつしかそればかり考えていた。

今日、自分が本部でやったことはなるべく考えないようにして、いや、考えないためにこの数年の幸子との暮らしを思い出していた。

「母さん、テレビ面白いか？」

返事はない。

幸子が認知症なのではないかと思い始めたのは三年ほど前からだった。高齢者の六人にひとりが認知症という統計があるほどにありふれた病ではあったが、まさか自分の母がそうなるとは思ってもいなかった。それくらい幸子は、元気すぎるほど健康なタイプだったのだ。

最初は幸子の物忘れが多くなったと感じた。その後、昼夜や日時、季節の取り違えが始まり、やがては死んだ夫や離婚した成瀬の妻が同居しているかのような言動が出てきたのだ。

成瀬の生活にも支障が出始め、妹のほかに、法子やホームヘルパーに援助してもらうようになったが、事あるごとにイライラするようになっていった。

成瀬は自分が生まれ育った家を見回した。幸子は写真魔だったので、至るところに法子の幼いころの写真や、成瀬が子供のころの写真が飾られている。

その中に、成瀬がハッピを着て和太鼓と一緒に写っているものがあった。手にとると、鮮明に記憶が蘇《よみがえ》った。確か町内会のお祭りで撮影したものだ。

お祭りで太鼓を叩くため、毎日練習をさせられたのを覚えている。

「なあ……母さん、なんでオレに太鼓なんて叩かせたんだ？」

幸子が太鼓をやらせた過去が、今の皮肉な状態に繋がっていた。

「なんで叩かせたんだ」

成瀬は繰り返した。

幸子が反応しないので、幸子のお気に入りの薄紫色のサマーカーディガンを肩にかけてやり、冷蔵庫からビールを取り出して家を出た。

ビールを片手に、家の裏手にある納屋へ向かう。

大きな納屋には父親が乗っていた古い車や家具が無造作に置かれていた。ものを捨てられない幸子が次々にここに入れるので、中はガラクタで溢れかえっている。幸子が一時期ハマった折り紙の鶴も大量に箱に入っている。

成瀬は目星をつけた棚を漁《あさ》り始めた。子供のころ愛用していたおもちゃ、古い雑誌を次々にどかしていき、やがて手が止まった。

埃まみれの和太鼓だ。

ガムテープで一緒に貼られていたバチを手にとる成瀬。一回、二回、軽く叩いてみる。和太鼓特有の抜けた音が響く。試しに子供のころ教えてもらっていたリズムをやってみると、意外にもできた。

さらに続ける。

無意識に演奏している自分に驚いた。

手が覚えていたのだ。

和太鼓をやっていたこと自体、記憶から消えていたのに、この手は覚えていた。

バチを置いた。
「何がコン……コン……コン……」
自分を追い詰めた投書。
誰によるものなのかはもちろん分からない。
コンプライアンスという言葉を思い出せない。
「クソ！」
突然、怒りに任せて太鼓を頭上に持ち上げ、窓に投げつけた。
ガラスが割れ、太鼓が外に飛び出る。
無惨な成瀬を月明かりが照らす。
「なにもかも……」
頭を抱えて小さく丸まる。
子供のころよく幸子に怒られるとここで泣いた。
大人になった今も同じように涙を流していた。
自分の人生はいったい何だったのだろうか？
告発されたように、すべて間違っていたのだろうか。
警察官として生きてきた時間は何だったのか？

六〇歳も見えてきて、崖っぷちに立った今、その答えが何もないことが苦しかった。

ここには誰もいない。

成瀬は声をあげて泣いた。

あれからずいぶん経ったのか、それともまだそんなに過ぎてはいないのか。

成瀬は時間の流れを感じることなく、ただ毎日を生きてきた。平凡に言うと死んだように生きていたのだ。

今は音楽隊の専用バスに乗りながら外を眺めている。

通常、各都道府県で使用される音楽隊専用バスは最新のタイプだが、この隊は、かれこれ三〇年以上も乗られている古いバスを使っていた。ブンブンと大きなエンジン音を鳴らしながらバスは町を走ってゆく。

狭いバスの中は楽器ケースで埋まっており、車内では隊員たちが思い思いに過ごしていた。練習する者、寝ている者、本を読む者。

成瀬もなんだかんだでけっこうな時間を音楽隊で過ごしてきたので、音楽隊についてようやく理解できるようになってきた。

春子のトランペットや北村のサックス、広岡のパーカッションなどよく聞くもののほかにも様々な楽器があった。国沢の大きな楽器はチューバ。フルート、オーボエ、クラ（クラリネット）、ホルン、トロンボーン。そしていまだにその姿を見ていないが「カラーガード隊」というのもいるらしい。

こういった吹奏楽団は維持するのが大変なので、大きな組織の中で編成されていることが多い。警察音楽隊は税金でまかなわれているので、定期演奏会と警察が定めた活動以外にも、要請されて一般の行事に参加することが多いのだ。

音楽隊の仕事自体は把握できるようになったが、いまだに交流を深めた隊員はいなかった。ドラムを教えてくれている広岡は悪い人間ではなさそうであったし、部署は違えど同じ世代で気も合った。チューバの国沢も単純ではあるが優しい人物である。それでも音楽隊の人間とは自分から距離を置いていた。自分の刑事としてのプライドがそうさせるのかは分からなかったが、とにかくいまだに音楽隊で完全に浮いていた。

そして今、隣にはいちばん距離をとっている隊員が座っている。

トランペットの春子だ。

着任して以来、まだ一度もまともに話をしていない。こういった理屈っぽいタイプの警察官は苦手だった。そして春子のほうも自分をそう思っているだろうことは想像がつく。

そんな二人のしらけたムードを察知してか、前に座っていた広岡がしゃしゃり出てきた。

「なんだよなんだよ。子供じゃないんだからさ、仲良くしてくれよ」

「別にそんなんじゃ……」

成瀬と春子の声がかぶった。

「頼むよもう。音楽はさ、チームワークなんだからさ」

と言って広岡は前を向いた。

春子がチラリと成瀬を見る。

「以前は生意気言ってすいませんでした……」

じつは春子は成瀬に突っかかっていったことを、大人気《おとなげ》なかったと反省はしていたのだ。ただ話をするきっかけがなかった。

「……え、ああ。別になんとも思ってないよ」

「…………」

会話が続かずシーンとする。

「あの……、でも、いきなり叩かせてもらえるなんて凄いですね」

成瀬は今日、演奏デビューする予定であった。

「見よう見まねだよ……」

「楽しみにしています」

短いがそんな会話を交わしているうちに、バスが会場に到着した。

《豊槻市民祭り》

そう書かれた横断幕が見える。多くの市民で賑わうお祭りで、『ふれあいコンサート』というプログラムでは市民団体とともに警察音楽隊も演奏するのだ。

成瀬はかつて警備目的で祭りに参加したことがあった。大きなイベントにはいたずらの犯罪予告などが多いのだ。しかし出演者として参加するのは初めてであった。

隊員たちと一緒にバスから荷物を出していると、二台のパトカーがバスの横に停車した。

中から次々に交通機動隊の制服を着た女性警察官が降り、最後にひときわ人目をひく長身の隊員・柏木美由紀《かしわぎみゆき》が降り立った。ヘルメットを脱ぐと、長身なうえにモデルのような容姿を兼ね備えているのが分かる。

「いつも遅刻だよな。カラーガードは」

声の方向を見ると北村だった。この男はまだ若いくせに何かと言えば文句ばかり言っていると成瀬は思った。

「これがカラーガード隊か？」

成瀬が春子に聞いた。

音楽隊の中に組み込まれている隊で、成瀬も今日初めて見る。

「そう、うちのカラーガードのメンバー。滅多に訓練に来ないから、私でも存在を忘れますけどね」

春子の声にも棘《とげ》があった。

カラーガードはマーチングのショーにおいてなくてはならない存在で、どこの県警音楽隊にも配置されているチームだ。フォーメーションを中心としたドリルで、カラフルなフラッグを使ったパフォーマンスは演奏に華を添える存在……であるはずなのだが、ここでは違った。遅刻の常習犯でやる気もなく、その実力は言わずと知れたものであった。

「いいよなーカラーガードは。たまーに訓練来てステージ立てちゃうんだから」

北村がしつこく文句の言葉を浴びせると、カラーガードのリーダーである美由紀の堪忍袋の緒が切れた。交通機動隊というかなりハードな部署で働いていることもあり、もともと気が長いほうではないのだ。

「暇な警らと違ってデモ警備があったの。しかも県境から車で一時間もかけて来てんだから」

「はっ、違反者追っかけ回してるだけだろ。こっちは年がら年中警らしてるんだよ」

「はっ、警らって近所をクルクル回ってるだけでしょ。ドライブみたいなものよね。のんきでいいわね」

そこへ交通機動隊の広岡も加わった。

「おい北村、オレは交機隊三〇年だ。今の話は聞き過ごせねえな。どう考えても交機のほうが警らよりハードワークだし、何よりパンクだろ」

それには国沢も噛み付いた。

「いやいや、先輩、それはないですよ。うちら事務員じゃないんですから、毎日一生懸命体動かしてるんですよ」

すると事務方がキレた。

「ちょっと待ってよ、会計課は仕事サボってるとでも言いたいの？　デスクワークしながら音楽やるのだって大変なんだから」

「いちばん大変なのはどう考えても、地域課のハコ番勤務だろ」

「いやいや少年課だ」

「サイバー犯罪対策課だ」

「みなさん、落ち着いて！　落ち着いて！」

隊長である沢田が止めに入るが、もはや誰も聞いていない。

隊員入り乱れての大喧嘩に発展しているのを、成瀬はただ見ていた。

いちばん大変な部署？

刑事部だろ。

心の中でそう思っていたが、口には出さない。

徹底した縦割り組織である警察で、こういった有象無象《うぞうむぞう》の警察官が集まること自体異例で、そもそも課を跨《また》いでのチームワークを保つのは難しいのだと成瀬は思った。

むしろほかの県警でこの音楽隊が本当に成り立っているのか、疑問すら感じる。

横では春子が複雑な面持ちで見ている。

「チームワークガタガタ。音もガタガタ。はあー、どうなるんだろうちの隊は」

と大きなため息をついた。

まとまりを完全に欠いているまま演奏の時間が近づいてきた。成瀬は知らなかったのだが、この祭りは規模が大きく、二日間で三〇万人ほどの市民が訪れるビッグイベントなのだという。とくに、ゆるいアマチュアしかいないだろうと高を括《くく》っていたふれあいコンサートのレベルが高かった。成瀬がステージ脇から見ていたときには、自衛隊の音楽隊がちょうど演奏をしているところであった。自衛隊にも全国あちこちに音楽隊があった。警視庁に匹敵《ひってき》する中央音楽隊を頂点に、各師団に設置されているのだ。

今演奏中なのは「中部方面音楽隊」という隊らしい。

「大したことありませんねえ」

振り返ると横に沢田が立っていた。

自衛隊が警察音楽隊の最大のライバルであるのは分かるが、編成された人数、制服の仕立て、そして演奏技術。どれをとっても完全に負けているのはこちらのほうだと、素人《しろうと》の成瀬にも分かる。

「いまいちだ」

沢田は二度も強がってみせた。

「成瀬くん、ついにデビューですね。自衛隊なんてぎゃふんと言わしてやりましょう」

「デビューしたくてするわけじゃないですが」

「まあまあ、いつまでもそんなことおっしゃらずに。期待してますんで」

などと言われているうちに自衛隊の演奏が終わり、メンバーがぞろぞろと降りてきた。

「やあ沢田くんじゃないか」

声をかけてきたのは演奏の指揮をとっていた男だ。どうやら自衛隊音楽隊の隊長らしい。

「どうも。ちょっと勉強させていただいてました」

「しかし市も人が悪い。何も吹奏楽団を二つも呼ぶことないのに」

「市民へのプレゼントでしょう」

「今年も演奏を楽しみにしてます。ではっ」

と敬礼をして去っていった。

「嫌なやつだ」

人のいい沢田がそんなふうに他人を悪く言うのは珍しい。

「やつは音大卒なんですよ。自衛隊は予算がふんだんにありますからね。プロを揃《そろ》えてるんです。私はね！　負けませんよ！」

と、勝手に燃え上がりながら沢田は去っていった。

警察音楽隊の出番はずいぶん後だと思っていたら、あっという間に順番がまわってきた。

他人の演奏をただ見ているのと自分で演奏するのとでは、こうまで違うのかと成瀬は思った。客席は家族やカップルで埋まっており、今日に限って県知事が来賓《らいひん》として最前列に座っていた。

今まで犯罪捜査の現場では味わったことのない緊張感が全身を巡っている。

それは初ステージを踏む自分だけだろうとまわりを見ると、国沢や北村はもちろん、春子や広岡らベテラン隊員までもがカチカチに固まっているではないか。先程の大喧嘩の勢いはどこへやら……。

司会者の案内がスピーカーから聞こえた。

「では次のステージは警察音楽隊のみなさんです。どうぞ！」

拍手と同時に隊員たちが登壇し、席に座る。

成瀬もドラムセットを前にするが、緊張がピークに達して汗が噴き出した。今日の演奏は上からの指示で白い正装ではなく、通常の青い制服だったので汗のシミがどんどんと拡大していった。

横にはトライアングルを手にした広岡が待機しているが、緊張で後輩を気遣う余裕はなさそうであった。

成瀬はすぐ横に立てられた隊旗を見やり、長い歴史を持つこの楽団に自分が汚名を着せることになりはしないかと、悪い予感がした。

一方客席では視線が鋭いスーツ姿の男、来島圭介《けいすけ》が大汗を流しているドラムの中年男を見ていた。

あの男か。

来島は心の中で呟き、次にトランペットの春子を見る。

目の前には今回の警護対象である県知事が、関係者とともに座っている。来島は県警の警備部所属の警察官で、春子の夫であった。蓮が生まれてから、妻は警察をやめて子育てに専念するのかと思っていたらそうではなかった。散々夫婦喧嘩を繰り返し、春子は今も警察官を続けている。

家庭と警察の仕事を両立させるのは楽ではない。それに加えて音楽隊なぞ。最近では口をきくことも少なくなってきていた。最後に言葉を交わしたとき、春子はこんなことを言っていた。

「あなたにそっくりな元刑事が入隊したわよ」

皮肉なのか何なのかさっぱり分からなかったが、ドラムを担当している男が春子が言っていた「そっくりな」男に違いなかった。

刑事部から音楽隊に異動があったことは噂には聞いていた。刑事が別部署に異動する、しかも音楽隊というのはかなり珍しいことではあったが、警視庁でも刑事が音楽隊勤務を願い出て、それが受理されたという話を昔聞いていたので、さほど気にしてはいなかった。そもそも刑事部と警備部は犬猿の仲で、交流も少ない。来島がその成瀬にまた視線を戻したところで、沢田が中央に進み出て客席に一礼をした。

「お兄さんたち、かたいよっ！」

最前列で地面に座っていた地元のヤンキーたちが囃《はや》し立て、どっと会場が沸いた。

一曲目は「茶色の小瓶」である。

古い曲をグレン・ミラーがスウィングジャズにアレンジしたスタンダードナンバーで、比較的シンプルという理由で沢田が選んだ。

演奏が始まると、出だしからして上手とは言い難い。いや、普通レベルとも言い難い演奏に客席はザワつきはじめた。自衛隊音楽隊の演奏と比べて明らかに、いや圧倒的に下手くそであった。

「なんか素人っぽくない？」

ボソボソとそんな会話が聞こえ始めた。

成瀬はというと、そんな会話など耳に入るはずもなく、無我夢中でドラムを叩いていた。楽譜は読めないので、ひたすら教わった順番に叩くだけだ。

必死に叩き続ける。周りの風景など何ひとつ見えなくなっていた。

まるで風呂に入ったかのように汗が地面に滴り落ちる。

沢田の合図で、美由紀率いるカラーガード隊六名が両サイドから登場する。美由紀のモデルばりに伸びた長い足に一瞬会場はどよめくが、ぎこちないパフォーマンスにどよめきはすぐため息へと変わった。カラーガードのフラッグ演技は音楽を引き立てる最高の添え物であるはずが、まったくの逆効果となっていた。

そのときであった。

「やばっ……」

リーダーである美由紀が空中に飛ばしたフラッグを取り損ねた。

カランカランという良い音が鳴り響いた。

「だから言わんこっちゃない」

それを見た北村がひとりごちた。

客席から激しく声が飛ぶようになる。

「下手くそー！」

普段自分たちを取り締まっている警察に復讐《ふくしゅう》しようというのか、倍ほどの人数に膨れ上がったヤンキーたちが嬉《うれ》しそうに野次りはじめたのだ。

「税金泥棒じゃねーかよ！」

「お巡りさんしっかりしてちょうだい！」

明らかに知事が不機嫌な顔つきになっていく。

そして最大の事件は、美由紀がフラッグを急いで拾った直後に起きた。

成瀬の汗にまみれた手が、スティックを握り続けることができなくなっていた。

「あ……」

スティックが成瀬の手から離れ、カランカランとフラッグと同じような音を鳴らしながら転がっていった。

二度目の落下に、さすがの客たちもその行方を静かに見守った。

急いで立ち上がりスティックを拾おうとした成瀬だったが、膝がハイハットに当たり倒してしまう。

「あ……」

無惨に倒れているハイハットを起こそうとして、スネアドラムとクラッシュシンバルを派手な音とともに次々に倒してしまう。もはや大惨事であった。

あろうことか音楽が止まり、会場が静まり返る。

騒いでいたヤンキーたちでさえ、ごくりと唾《つば》を飲んだ。

沢田をはじめ隊員たちも演奏をやめて、あたふたとする成瀬を呆然と見つめている。

「バカっ、どけっ！」

ハッと我に返った広岡が、すぐにドラムセットを元の位置に戻しイスに座る。

沢田もようやく正気に戻った。

「春子ちゃん！」

名前を呼ばれた春子はなぜ呼ばれたのか即座に理解した。すぐに立ち上がるとトランペットのソロパートを吹き始め場をつないだ。呼応して広岡や、ほかのメンバーたちも演奏を再開した。

成瀬はドラムを叩いている広岡の横でぼけっと突っ立ったまま、演奏が終わるのを待ち続けた。やんちゃだった子供時代に廊下で立たされたときのことを思い出した。

予定していた曲目を減らして早めに切り上げるよう市の運営スタッフから指示があ

り、沢田は大幅に曲数を減らした。

「パパ、こんなひどい演奏聴いたことないね」

父親に連れられてきた小学生ですら、演奏の途中で呆れて席を立った。形式上、最後まで残っていた知事はひとり拍手を送ったが、その目は笑っていなかった。

「え、あ、警察音楽隊の皆様でした！　大きな拍手を！」

司会者でさえしどろもどろであった。

やがて成瀬がステージを降り、音楽隊隊員たちも無言のまま楽器の撤収作業をはじめる。

「ドンマイドンマイ。失敗は誰にでもあるよ。次頑張ろう」

ひとり沢田だけが笑顔でみんなを励ましていた。

そこへ自衛隊音楽隊の隊長がやってきた。

「隊長、先ほどのステージ拝見しました」

「え、あ、そうですか。それはそれは」

「優秀な隊員を抱えておられて羨《うらや》ましい限りです。来年も同じステージに立てることを心から願っています」

明らかに嫌味であった。

「こちらこそ……」

しょんぼりと返答する沢田を見て、成瀬は申し訳ない気持ちでいっぱいになった。自分のせいだ。

しかし、沢田の災難はこれで終わりではなかった。

向こうから県知事とその取り巻きたちが歩いてきた。少し離れて春子の夫である来島もついてくる。

「君がこの音楽隊の責任者かね」

知事は指揮をしていた沢田の前に立った。

「は、はい。県警音楽隊隊長の沢田と申します」

「今日の演奏。市民のみなさんに申し訳ないと思わないのかね」

任期四年目のこの知事は、パフォーマンス能力が高く、こういったお祭りにも積極的に顔を出して、市民との触れ合いを演出していた。今回は次の選挙のことも考えると、大事なイベントであった。

警察だから間違いないだろう。そう考えて自分が出席した音楽イベントが散々な結果に終わり、知事はカンカンであった。メンツが潰されたのだ。

「申し訳ございません。うちは人員不足なうえ、練習時間も足りなくて……」

「言い訳はいらん！　これは由々《ゆゆ》しき問題だ。要するに税金の無駄遣いだと思うがね」

北村がサックスをしまい終えて、知事の前を歩き過ぎながら言う。

「ならこの祭りも税金の無駄遣いだよな」

火に油を注ぎ、知事の顔が真っ赤になった。

「県警のほうには連絡しておくからな！」

そこへ知事の専用車が滑り込む。

「知事、お車です」

知事は言い足りないらしく、乗り込む前にも「分かったかね！」と怒鳴り散らして去っていった。

その間、沢田はずっと頭を下げたままだった。

成瀬は独善的で一直線な性格だったが、責任感も人一倍強い。そんな沢田の姿を見て、自分が心底情けなくなった。

一方、知事が車で去ると、来島が妻の春子のもとに歩み寄った。

「見たよ」

「いたのね」

「まあな。知事の警護だ」

「あの嫌味な」

「知事はしごく真っ当なことを言っていたと思うけど。確かに税金の無駄遣いだ」

「……人員不足のせいよ」

「こんないい加減なことをしているだけなら、辞めたらどうだ」

成瀬がふとそちらを見ると、春子はうなだれていた。

自分も音楽隊への異動を命じられたとき同じことを思った。税金の無駄遣いじゃないか、と。

来島はちらりと成瀬を見やりその場を去った。

「大丈夫か？」

成瀬が春子に声をかけた。

「旦那です……」

「オレがスティック落としたから……」

「いいえ。これは先輩の責任じゃありません。音楽隊に個人の責任は存在しません。チームみんなの責任です」

「なんだよ。税金とか言われても、オレたちは上から命令されたから音楽やってるんだよ。やりたくもないことを一生懸命やれるかよ」

北村がまだぶつぶつと文句を言っている。

「そうよ。忙しいなか頑張ってやってるのにさ」

カラーガードの美由紀も入ってきた。この部分に関しては北村と意見が合うようだ。

確かに多くの隊員は、異動辞令が下りてここにやってきた。

「同じですよね」

春子が成瀬を見ることなく言った。

「何がだ？」

「先輩もそう思ってるんでしょ。警察に音楽なんて必要ないって。しかもみんな下手くそだし、なのに誰も努力しないし」

横にいた広岡がしかめ面をする。

「おい来島、当たるな。みんな忙しいんだよ。練習する時間がないんだ」

春子が涙ぐむ。

悔しい。

泣いているのを隠すため、春子は急いでバスに乗った。

隊員たちがバスに乗り込もうとしたとき、会場のほうから二〇名ほどの女性たちが「お疲れさまー」などと手を振りながらやってきた。こんな音楽隊にも長い歴史があり、地元のファンもいる。ファンたちはバスを取り囲んで隊員たちと立ち話を始めた。

「今日はね、たまたまああなっただけよ」

「そうよー。元気出しなさい」

ファンに励まされ隊員たちも次第に笑顔を取り戻していく。

「すいません、不甲斐《ふがい》なくて。オレ、オレ……」

国沢がひとり熱く涙を拭い始めた。

「ファイト。国沢くん、あなたならやれるわよ」

「ありがとうございます。もっともっと練習して、みなさんに喜んでもらえる演奏をします！」

そんな国沢を北村が冷ややかな目で見ている。

ひとりでいる成瀬の前に、着物姿の老女が潑剌《はつらつ》とやってきた。名前を村田《むらた》ハツという、隊員たちにもハツさんと親しまれていた。齢《よわい》八〇歳を超えている最年長の音楽隊ファンだ。

ハツは手に夫の遺影を抱えていた。演奏を見に行くときは必ずそうしているのだ。

「あなた、新人さんね」

成瀬に話しかける。

「え、オレですか？」

「そう、あなたよ」

「はい……」

「演奏はまだまだだけど、所々いい音を出していたわ。あなたのドラムからは勇気をもらえる」

成瀬は戸惑った。

「勇気……あんなので？」

お世辞にもほどがある。

「一生懸命叩いていたじゃない。演奏はうまければいいってもんじゃないわ。奏でる人間のパッションが聴く人を魅了するのよ」

「パッション……ですか」

「そうよ。つまりあなた方の情熱に、私たちは勇気をいただくの」

ハツが遺影を見る。

「私たち夫婦はね、子供だった戦後のころから警察音楽隊のファンなのよ」

戦争で活動を中止していた警察音楽隊は終戦直後から全国で順次活動を再開した歴史を持つ。空襲でボロボロになった街を、音楽隊は演奏しながら練り歩いたという。

ハツはそんな時代を生きた。

「あの時代は生活が毎日苦しくてね。このあたりもまだ、空襲のあとの瓦礫《がれき》が残っていたりしてね。その中をあなたの先輩たちが悠然と楽器を鳴らしながら行進してきたのよ。グレン・ミラーの『イン・ザ・ムード』だったわ。こんなに元気が出る曲がこの世にあるのね、なんてこの人と話しながら夢中で聴いたわ。あのときのお巡りさんたちも、みんなを楽しませようとして必死だった。だから、今日みたいに必死に演奏するあなたたちを見ていると、さあ私もまだまだ頑張るぞって気になるのよ」

「……そうですか」

「これからも応援していますよ。ごきげんよう」

とハツはほかの隊員のもとへ行った。

音楽が人の助けになるなんて考えたこともなかった。

音楽なんて娯楽。ただの遊びだと成瀬は思っていたのだ。

「オレも昔ハッさんに同じこと言われたよ」

広岡が立っていた。

「なあ後輩、警察の仕事は悪い奴らを捕まえるだけでいいと思うか？」

成瀬は答えられなかった。

少なくとも自分は犯罪者を追うことに人生をかけてきた。

「よし、今日はパーッと行こう」

広岡に誘われ、何人かの隊員と初めて飲みに行くことになった。


「ブーン！」

蓮がいつものおもちゃのパトカーを持って、店内を走りまわっていた。

「蓮、転ぶわよ。そんなに走ったら」

蓮の祖母、つまり春子の母が切り盛りしているお好み焼き屋は店内が狭いので、遊びたい盛りの蓮には少し物足りなくなっている。

「蓮、ほら、おじさんが遊んでやる」

ほろ酔いの広岡が一緒になって遊びはじめた。

「おじさんは本物に乗ってるからな。今度乗せてやるぞ」

「ほんと？」

「ああ、お母さんには内緒でな」

と春子にウィンクした。

春子が腕時計に目をやる。そろそろ蓮を休ませる時間だった。

「蓮、今日はばあばの家に泊まるんだよ」

「うん！」

「じゃあ行くわよ、蓮」

祖母が蓮を連れ出した。

家は店のすぐ裏側にあった。

春子が音楽隊の仕事と育児を並行してやっていけているのは、この実家の形態にも関連していた。店と家が同じ場所だったので、いつだって蓮を預けることができるのだ。春子は母に感謝していた。生活するのにぎりぎりなはずなのに、お金のかかる音楽大学に行かせてもらった。そして結婚した今も、何かと世話になっている。離婚が成立すれば、もっともっと世話になることになる。

「さ、みんな、飲んで飲んで」

蓮が去ると春子は酒をついでまわった。今日は大変な一日だった。すべてを忘れて明日からまた我が音楽隊はリスタートするのだ。

狭い店内では八名の音楽隊メンバーが酒を飲んでいる。北村や国沢をはじめとするほかのメンバーは勤務に戻った。いつからか、この店が音楽隊の集《つど》う場所になっていた。みんなそれぞれにテーブルで話をしており、春子は成瀬と同じテーブルに座った。顔を赤らめた春子が何杯目かのビールを呷《あお》る。

成瀬も顔を赤くしている。

「おかしいでしょ。お好み焼き屋の娘がトランペットって」

「そんなことないだろう」

「先輩は？　家族は？」

「ずいぶん前に別れたよ」

「警察官あるあるだ。忙しくて家庭を顧みず呆れられたんですね」

「そんなことはない」

春子の言うことは的中していたが、成瀬はごまかした。

「お子さんは？」

「娘がいる。高校生だ。母親と暮らしてるよ」

「刑事の娘ってどう育つんですか？　後学のために教えてください」

「どうって……普通にいい子に育ったよ」

「そうか。よかった。親が警察官だと反発して育つ子が多いって聞くから。蓮がそうなったら嫌だなーって」

成瀬は法子を思い出す。

いまだ連絡を取れずにいた。

「あの子は、そうはならないだろ」

「そうですね。でもそうか。先輩もやもめ暮らしってわけか。いやいや、同じじゃないですかー」

「何がだ?」

「まあ、うちはまだ離婚してないんでね、やもめって言うより、ややモメって感じですかね。はは、うまいっ」

とひとりで大笑いする春子。

ほろ酔いの成瀬が話題を変えようとする。

娘のことを思い出すのが辛《つら》くなってきたのだ。

「同僚と飲むなんて久しぶりだな。今はコンなんとかで、みんなビビって酒すら飲まない。昔は酒の席で情報交換したもんだ」

「コンプライアンスです」

「そう、それだ」

「先輩、昔の話するときだけいきいきするんですね」

イスの背中にかけたジャンパーから警察バッジを取り出す成瀬。ジャンパーやポケットに紐《ひも》で結んであることが多い。

本当は昔の手帳型が好きだったのに、と思いながらバッジを開いて見せる。

成瀬も思ったより酔っているようだ。

「オレは三〇年も警官やってんだ。うち二〇年は捜一だ。この二〇年いろんなヤマを踏んできた。いいか、重要なのは足だ、足をな……」

「いらないです」

春子が話を遮《さえぎ》った。

春子も完全に酔っている。

「さっきからいらないです、そういうやつ。オレ様な話」

ビールを一気に飲み干す春子。

険悪なムードを察知してほかの隊員たちが間に入ろうとするが、呆れた広岡が遮った。

「もういい、やらせとけ。気が済むまでやりゃいいよ」

春子は続けた。

「先輩は刑事やりたくて警察入ったんでしょう？」

「そうだ」

「私、音楽やるために警察官になったんですよ」

成瀬が春子を見やる。

「私、これでも音大出てて、でも食べられないでしょ、音楽だけじゃ。それで給料もらえて演奏できる音楽隊に入りたくて警察官になったの。びっくりですよね？　先輩みたいな人からすると。誰もが正義のために警官になるわけじゃないんですよ」

「嘘つくな」

成瀬をじっと見つめる春子。

「そんなの言い訳だろ。交通課が激務なのは知ってる。それに加えて音楽隊の訓練までしてたら手一杯で、子供の面倒やら家事やらできないだろ。早くどっちかに決めて、片方は辞めたほうがいい」

春子の顔が怒りに満ちた。

「すごい、うちの旦那と同じこと言うんだもん。やっぱり似た者同士ね。家庭に専念しろとか……あなたたちに言われたくない。何も諦めたくないの。警察官としての仕事も、音楽も、子供も全部大事」

「ふん」

成瀬が鼻を鳴らした。

「先輩こそ嘘ついてるじゃないですか」

「オレが？」

「とっくに刑事じゃないのに、刑事のフリしてる。プライドだけで生きてる」

核心を突かれて成瀬の顔も紅潮する。

目の前の生意気な女性警察官に怒りを感じた。

「オレはな！」

大きな声が出て、隊員たちが成瀬を振り返った。

「……もういい。行くよ。お会計」

「奢《おご》りますよ」

「何？」

「それとも女性に酒を奢られるのは自尊心が傷つきますか？」

嫌な女だ。

成瀬はそう思って立ち上がり、何枚かの千円札を置いて出ていった。

「やっぱり嫌なやつ……」

春子はそう口にしてビールを呷った。


いったい何なんだあいつは。

腹が立ってしょうがない。

成瀬は帰り道ずっとイライラしていた。会った日から食ってかかってきて、ウマが合わないと思ってはいたが、あそこまでひねくれているとは思わなかった。

口直しのビールでも飲んで忘れよう。

そう思いながら家の玄関を開けようとすると、鍵がかかっていない。

「母さん」

言いながら中へ入った。

「鍵忘れずにかけろって言ったろ」

返事はない。

「母さん？」

テレビがつけっぱなしだ。嫌な予感がした。

「母さん！」

リビングにも台所にも寝室にも幸子はいなかった。

外に飛び出して裏手の納屋も見てみたが、ここにもいない。

幸子は認知症ではあったが、今まで徘徊《はいかい》したり失踪したりしたことはなかった。認知症になってからというもの、ひとりでは外へ出なくなっていたのだ。幸子がひとりで外に出るのは息子の帰りを待つためのせいぜい玄関先くらいまでだったので、こんなことになるなんて思ってもいなかった。

いつも幸子が腰掛けている玄関先のイスに座り、頭を抱えた。

仕方がない……。

成瀬は携帯を取り出した。

母の捜索願を出すなぞ警察官失格だ。まして異動させられた身だ。これは経歴に残り、ますます刑事部に戻りづらくなるかもしれない。しかし幸子の安否のほうが心配だ。一一〇番のボタンを押そうとしたそのとき、エンジン音とともに車のライトが近づいてきた。眩しくて目を手で覆う成瀬の前に、一台の車が停止した。

パトカーだった。

車のドアが開き、警察官に手を添えられた幸子が降りてくる。手を添えているのは国沢だ。

「はい、足元気をつけてくださいねー」

いつもの元気いっぱいの声が聞こえた。

国沢が自動車警ら隊所属だったのを思い出した。運転席ではいつものムスッとした表情で、北村がハンドルに手をかけていた。二人はコンビだ。

国沢は幸子と成瀬に敬礼をした。

「どうもご苦労さまでした」

「母さん、パトカーはタクシーじゃないんだぞ。どこ行ってたんだよ」

「お父さんに弁当持っていったんだよ」

自分の心配など気にもとめず自慢げに話す母に、ほっとした気持ちも相まって、成瀬は思わず笑ってしまった。

幸子には聞こえないよう国沢に言う。

「オヤジはもう死んでるんだ」

「いやぁ、すごいですよ、お母様の足は。隣町まで行っちゃうんですから」

国沢は相変わらず陽気な笑顔だ。

「でもオレの母親だって何で分かったんだ？」

「これです」

と、幸子のバッグにぶら下がっているピンクのブタのぬいぐるみを指さした。確か法子が手作りしたものだ。

手に取ると裏側に何か書いてある。

成瀬幸子。名前と住所などの情報が刺繍《ししゅう》されていた。

「法子……」

娘がこんなものを母に持たせていたなんて、知らなかった……。

「先輩と同じ苗字《みようじ》だったんで、まさかとは思ったんですが」

「そうか……」

幸子が国沢の腕を取る。

「あなたまだ制服着てるのね。でも大丈夫よ。うちの息子も試験受からなくて、ずっと刑事になれなかったの。頑張んなさいよ」

「はいっ。頑張ります」

幸子が窓越しに北村にも近づく。

「あなたもね」

北村は無言のままだ。

「母さん、いいから家に入って」

「はーい」

幸子が家の中へ入っていく。

「時々まともになってな。オレが警官だってこと思い出すみたいなんだ」

「へえ、自慢の息子さんなんですね」

成瀬が目を伏せる。

「あの……」

成瀬の様子がおかしい。

「……すまなかったな。助かったよ」

「何言ってるんですか。同じ隊じゃないですか」

そして敬礼する国沢。

「それではっ、まだ警らがありますので」

と行こうとする国沢を呼び止める。

「おいっ」

「はい？」

こんな夜中にまだ仕事が続くのだ。

「その……大変だろう。音楽と兼務するのは」

「最初は何でオレなんだろうって思いましたよ、そりゃ。中学で吹奏楽やってただけですからね。でも今は、楽しいっすよ。演奏うまくなりたいって思います」

聞いていた北村が不機嫌そうに顔を出す。

「いつまでしゃべってんですか、仕事戻りますよ！」

「はいはい」

国沢がパトカーに乗り込むと、発車した。

成瀬は去っていくパトカーをじっと見つめている。

いい警察官だ。

彼らは自分と同じ、警察官なのだ。町を巡回して市民を守っている。

たまたま音楽隊に入れられ、通常業務と兼務するという厳しい環境にいるのだ。

そんなことを考えながら成瀬は家に入った。

騒動の原因の幸子はすでにベッドで眠っていた。

「母さんよかったな、優しいお巡りさんに送り届けてもらって」

そう言って成瀬は掛け布団をかけてやった。

幸子の部屋から出た瞬間、チャイムが鳴った。時計を見るともう深夜一二時をまわっている。

誰だ？

そう思いながらのぞき穴から確認すると、春子が立っていた。

こんな夜中に何だろうか。

不審そうにドアを開くと神妙な顔つきの春子がいる。先の道路ではタクシーがエンジンをかけたまま停まっている。

「夜分にすいません」

「どうした？」

「これ……」

春子が差し出したものを見たとき、成瀬は卒倒《そっとう》しそうになった。

「お店に忘れてました……」

成瀬は急いで春子の手から自分のジャンパーを引ったくり、内ポケットを確認した。

「あった……」

つい声が漏れた。

紐で繋がれた警察バッジをゆっくりと取り出す。

大きなショックからか足の力が抜け、成瀬はその場に座り込んだ。

法の執行人を証明する唯一のもの。バッジを忘れるなど警察官にとってあってはならないことだ。春子も事の重大さを理解しており、じっと成瀬を見つめている。

国家公安委員会規則にもこう書かれている。

〈警察手帳規則を次のように定める。道府県警察本部長が特に指定した場合を除き、常にこれを携帯しなければならない〉と。

万が一紛失した場合は、紛失した警察官の所属・階級・氏名が全国の警察機構に手配され、重い処分が下るうえに、ニュースでも取り上げられるだろう。

「オレはなんてことを……」

酒を飲み、口論して熱くなる。そんなことは刑事時代も幾度となくあった。しかし、今回に限りこんな失態を犯すなんて。刑事でなくなり、その緊張感を忘れて、毎日のんきにドラムなんか叩いていたからだ。

おまけに、国沢たちが見つけてくれたからいいようなものの、その間に大切な母親はひとりで外へ出ていってしまった。

「何をしてるんだオレは……」

成瀬が自分の頭を二度三度と叩く。

「何をしてたんだ……オレは」

打ちのめされバッジを握りしめた。

「音楽と同じですよ」

顔を上げると春子が自分を見下ろしていた。

「……同じ？」

「起きてしまったことは仕方ありません。何もなかったことが幸運です」

「上に報告してくれ……オレはもう警察官として失格だ」

「しません。隊員が減りますし、私たちはチームです。誰かが音をミスってもまわりがカバーすればいいんです」

と春子は微笑んだ。

春子の笑顔を初めて見た気がした。こんな顔になるのか。

そのとき背後から声がした。

「佳代さんかい？」

いつの間にか、幸子が部屋から顔を出していた。物音で起きてしまったのだろう。

「佳代さんずいぶん遅かったわね。私お腹《なか》空いたわぁ」

「母さん、彼女は佳代じゃない……」

「今日の夕飯はなにかしら？　もうお腹ペコペコよ」

成瀬の言うことなどまるで聞いていない。

「母さん、何度言えば分かるんだ！　オレたち夫婦はもう別れたんだよ。この人は佳代じゃない！」

春子の手前もあってか、つい言葉がきつくなる。

もう母も、仕事も、自分の人生も、どうなってもいい。関係ない。

「なんで分かってくれないんだ！」

幸子は怯《おび》えきって壁の陰に隠れた。

「作りますよ」

春子が横から言った。

「なんか余り物くらいありますよね。私、さっと作ります」

そう言うとタクシーを帰し、「お邪魔しまーす」と台所に入り「失礼しまーす」と冷蔵庫を開けた。

そして三〇分もしないうちに、温かい味噌汁《みそしる》と余り物の野菜と鶏肉《とりにく》で作った炒《いた》め物ができ上がっていた。

無言でパクパク食べている幸子を見やる成瀬。

ようやく気持ちも落ち着いてきた。

「のんきなもんだ。母さん、どう？　うまいか？」

幸子の返事はなく、黙々と食べている。

「うまいんだな。表情が微妙にいつもと違うからな」

成瀬も炒め物を口に運んだ。

「うまいっ」

そういえば今晩は何も食べていなかった。

成瀬は春子が来るまえに何があったかを話し始めた。

「今日は散々でな。家に帰ると母さんが失踪してな」

「大変でしたね」

「警察に保護されて帰ってきたんだけど、誰が保護したと思う？」

「え、国沢くん？」

「すごいな。なぜ分かった？」

「やっぱり。彼ってそういう奇跡を起こしたりするんです、たまに。運が強いって言うか」

「あと北村もいたよ。いつも悪態ついてるけど、あんなに遅くまで警らしてるのを見ると同情したよ」

「北村くんは本当は音楽が好きなんだと思う」

「まさか」

「だって上手なんですよ。もっと練習したら音大生並みの腕になると思う。刑事のことを忘れてくれればすごいプレイヤーになるのにな……」

「みんな……大変なんだな」

成瀬がボソッと言った。

春子は話題を変えようと思い、部屋を見回した。

「お母さん、部屋のインテリアの趣味いいんですねー」

「まあ、何でも凝るタイプなんだよ。一時期は折り鶴に凝って大変だったよ。家の中が鶴だらけになって」

成瀬が昔を思い出して微笑んだ。

春子が棚に並んでいる写真の中から、和太鼓を打っている少年の写真を見つける。

「これ先輩ですか？　本当に和太鼓やってたんですね」

「まぁな」

嫌な予感がした。

「まだあるんですか？」

「……ないね」

「え、嘘だ」

「ない。とっくに捨てたよ」

まったく信用していないという顔で、春子がじっと見つめてきた。

成瀬の家の納屋は古い造りで、厚手の木材が使われていた。しかもまわりに家がない。春子は壁を触りながら、うちにもこんな場所があればいいのに、と思った。

「すごい。防音のスタジオみたいですね」

「まわりに家がないからな。小さいころはよくここで練習させられたよ」

羨ましかった。

トランペットなどの管楽器はとくに練習場所がなく、いつも困っているのだ。

「あ、これだ」

春子がすぐに和太鼓を見つけた。

「へえ、いいですね。年季が入ってて」

窓に投げた際に傷がついたのだが、それは伏せておいた。

春子が和太鼓をトントントンと叩き始める。

「窓、どうしたんですか？」

ガムテープと段ボールで補強された窓を見て、春子が聞いた。

「どっかの子供がボールで割ったのかな」

などとごまかした。

成瀬に向かって笑みを浮かべる春子。

再び嫌な予感がした。

「やだよ」

「まだ何も言ってません」

「予想はつく」

バチを成瀬に差し出す春子。

「叩いてみてください」

「もう叩き方忘れたよ」

嘘をついた。

前にここで叩いたとき手が覚えていたことには、自分でも驚いたのだ。

何を考えているのか、春子が背中に背負っていたケースからトランペットを取り出す。

「演奏するには最高の場所ですね。音の響きもいいし」

そしていくつか試しに音を出す。

トランペットの甲高い音が成瀬の耳に届く。

「こういうの、セッションと言います」

「セッション……？」

「さっきも言ったでしょ。音楽は仲間との呼吸が大事なんです」

薄暗がりの中でトランペットを掲げる春子の表情は、月の明かりによって美しく映し出されている。今まで近くにいてもよく見ていなかったが、楽器を手にするとこうまで変わるのか。成瀬は引き寄せられるようにトントンと太鼓を叩き始めた。

和太鼓特有のリズムに合わせて、春子がトランペットを吹き始めた。和と洋。異なる音が見事に融合する。それは素人の成瀬にもはっきりと認識できるリズムの共有であった。

クーラーのない部屋。

二人の体からは汗が吹き出てきたが、おかまいなしだ。

春子の顔は警察官ではなく、音に身を委《ゆだ》ねる獣に変わった。

二人の視線が音を通して絡む。

成瀬は春子の視線に食らいつきながら、その熱情を太鼓に反映した。

音楽とは、こういうものなのか。

今まで味わったことのない、不思議で、力強く、同時に淫靡《いんび》ですらある感覚を成瀬は楽しんでいた。

今思えば、異動辞令はきっかけにしか過ぎなかった。もともと五〇代という人生の過渡期で、葛藤や怒りを抱えきれずにいたのだ。

人生それ自体、今この瞬間はどうでもよかった。

成瀬はもう一度春子を見やり、太鼓に力をこめた。

窓からは、さっきよりも皓々《こうこう》とした月の光が二人を照らしていた。


あれから数日が過ぎた。春子は家でただイスに座ってお茶をすすっている。

成瀬とのセッションが脳裏に浮かぶ。

あんなに自由にプレイしたのは久しぶりだったし、何よりも成瀬のフィーリングが伝わってきて自分の音に共鳴した。興奮が未だに収まっていない。

そんなことを考えながら蓮を見た。息子はテーブルの向こうで、父親にまとわりついてお絵描きをしている。

あの夜のような気持ちをいつも感じていたくて音楽のプロになろうと決心したのは、高校生のときだ。音大に行き、卒業と同時に警察官となった。最初から希望は音楽隊で、すぐに辞令は下りた。ただ大都市の警察本部とは違い、地元は兼務隊であった。だがそれでもよかった。交通課の仕事も楽しかったし、やがて部署は違うが同じ警察官に恋もした。

いろんなものに追われるようになったのは蓮が生まれてからだ。子供ができても仕事を辞めるつもりはまったくなく、夫もそれを支持してくれていたように見えた。しかし現実はやはり違った。交通課だけならまだしも、音楽隊の仕事は物理的に時間をどんどん蝕《むしば》んでいった。やがて夫ともすれ違いがはじまり、今こうして離婚協議書をやり取りする段階まできてしまったのだ。

蓮は春子が引き取ることになっていた。母親の力を借りることにはなるが、やれないことはないはずだ。

夢も仕事も子供も、絶対に諦めない。

それが春子の考えだ。

好きな音楽、交通課の仕事、そして蓮。

すべてを守り通してみせる。

春子はそう思いながら協議書を夫に手渡した。

「じゃあな蓮。またすぐに会えるからな」

意味深な言葉を残して来島は荷物を手に家を出ていった。残りは業者が引き取りに来ることになっている。

「パパ、バイバイ」

蓮が手を振っていた。

きっと何かを感じているのだろう。寂しい目をしている。

このとき春子はふと成瀬のことを思い浮かべた。

なぜなんだろう？

春子はそう思いながら蓮を強く抱きしめたが、涙は流れなかった。前向きであることをモットーとしているのだ。こんなことでは泣かない。

同じころ、成瀬は広岡と一緒に納屋にいた。

家に練習用のドラムが欲しいと広岡に相談したところ、ドラムを処分したいという親戚の青年を紹介してくれたのだ。

目の前ではその青年がドラムを叩いていて、広岡が満足そうに見ている。

夏なのにライダースジャケットを着た坊主頭の青年が叩くドラムは、とても速くて成瀬の目では追いつけないほどだ。

「なかなかやるだろ。こいつはな、オレが子供のころから仕込んだんだ」

青年のご両親はさぞかし広岡に迷惑しただろうな、と考えながら成瀬は演奏が終わるのを待った。長らく使っていないので試しに叩いてくれているのだ。

こういった音楽を、青年いわく「ハードコアパンク」というらしい。

「オレは初期パンクのほうが好きなんだけどよ。あいつはジャパコアから入ってハードコアに行き着いたわけよ」

何を言っているのか成瀬にはさっぱり分からなかったが、とりあえず頷《うなず》いておいた。

やがて演奏が終わり、青年がドラムから立ち上がった。

「古いですけど音は全然いい感じっすよ」

「いいんですか本当にいただいても？　こんな高価なもの」

「あ、もう使わないんで、いいっすよ。就職決まったんで」

「ああ……就職。おめでとうございます」

「そろそろ現実見ないと、さすがにやばいんで」

パンクという音楽のジャンルは、もっとこう反抗的なものなのかと成瀬は考えていたけれど、今時そういうのは流行らないらしい。現実を見ながら、適応していくのが今風なのかもしれない。だとしたら、時代の流れに抗いながら刑事を続けて家庭を失った自分も、好きなことをすべてやるために家庭を失おうとしている春子も、現代的ではないのかもしれない。

「アナキズムなんて夢物語ですよ。きちんと就職して、自分自身の社会での在り方とか考えていかないと」

青年は言った。

「後輩よ、このドラムを我が子のように可愛がってやれよ」

「ありがとうございます」

広岡と青年が軽トラで走り去ると、成瀬は納屋へ戻ってドラムの前に座ってみた。

自分のドラム。

少し心が高揚した。

叩いてみると、練習場と違った感覚がした。

楽しいぞ。

最近練習している曲を叩いてみると、思わず笑みが溢《こぼ》れる。

「司」

名前を呼ばれた。

振り返ると幸子が立っていた。

「司、いい子だね。次のお祭りの練習してるんだね？」

いつの間にか入り口に立っている。

「これは和太鼓じゃないんだよ、母さん」

「叩いてみてちょうだい」

と微笑んでいる。

いま幸子の目には小学生の成瀬が映っている。

幸子は近づいてくると成瀬の頭をやさしく撫《な》でた。

「大丈夫、お前ならできる」

昔よく、こうやって頭を撫でられたのを思い出した。母親の手の感触は一生忘れないのかもしれない。

「言っとくけど下手だからな」

言い訳をして、祭りで大失敗した「茶色の小瓶」の出だしを少し叩いてみた。

「上手ね」

四〇年以上前と同じ優しい目で幸子は言った。

「よし……じゃあ行くよ」

と幸子を見ると、いつもの上の空に戻っていた。

まあ、いい。

母さん、聴いてて。

成瀬は心の中でそう言って演奏をはじめた。

春子とのセッション、そして幸子の前での演奏を通して、成瀬はドラムに対する感覚が変わっていくのを感じた。

もっと上手になればセッションにもっとのめり込めて、もっと楽しい気分を味わえるはずだ。

それからは、休みの日は納屋での練習を欠かさなくなり、次第に腕も上がっていった。そして家と通常の練習では飽き足らずに朝練をしようと思い立った。

最近は刑事時代と違って早寝早起きの癖もついていたので苦ではない。とある月曜日、朝早く練習場に行ってみた。

やる気に満ち溢れてドアを開けると、中からトランペットの音が聞こえてきた。

春子である。

春子も朝練をしに来たようだった。

「よーし」

嬉しくて声をかけようとして、成瀬は立ち止まった。

「おっ」

春子は成瀬に気がついておらず、ひたすらトランペットを吹いているが、その表情は沈んでおり、目から涙が溢れていた。

夫が出ていった日でも、涙は出なかったのに……たった数週間でこんなにも泣けてしまうものかと春子は思った。

「あ……」

見てしまった成瀬は声をかけることができずにその場に立ち尽くしている。

セッションをしたときとは真逆の顔だった。

「あっ先輩……」

やがて春子が成瀬に気づいた。

「早いですね」

「ああ、ちょっと練習しようと思って……」

「へえすごい」

と赤い目を拭った。

「あ、どうぞどうぞやってください……」

ぎこちなく座り、ドラムを叩き始める成瀬だが、春子の涙が気になりチラチラと見てしまう。

すると自然と叩くドラムのリズムも遅くなり、ムーディな悲しげな音になってしまう。さらにそれがトランペットの音とも重なり、重めのジャズセッションのようになっている。

春子が思わず吹き出す。

「先輩」

「え、なに？」

「意外に感情が入りやすいんですね」

「そ、そうか？」

「はい。いいミュージシャンの条件です」

「そうかな」

照れている成瀬だが、実際にその成長ぶりには春子も驚いていた。最近は広岡の親戚にドラムをもらい、自宅でも練習をしまくっていると聞く。入隊当初はぶつかることしかなかった成瀬に、音楽の才能があるなんて思いもしなかった。

「かっこいいですよ」

「え?」

「ドラム叩いてる姿、なかなかかっこいいです」

成瀬が照れて無言でドラムを叩き始めたので、春子も練習に戻った。ずっと落ちていた気持ちが幾分か上がっていた。

成瀬は春子に褒められたからなのか、週二回の広岡のレッスンでは飽き足らず、ついに町のドラムスクールにも通いはじめた。

「シライミュージック」という古くからある個人商店で、県警本部の近くにあった。ドラムを教えてもらえて、そのまま練習もできるので成瀬にはありがたかった。幸子が国沢たちに保護されて以来、成瀬の帰りが遅くなる日はヘルパーさんを延長するようにしている。

「成瀬さん、頑張りますね」

「え、あ、はい」

店長の白井《しらい》は自らもドラマーで、成瀬に真摯《しんし》に教えてくれていた。

「年を取って始める方も多いんですけど、成瀬さんみたいに続けられる方は珍しいんですよ」

一〇代のころの青春をもう一度、といった感じで中高年でロックバンドを組んだり、ギターやドラムを始める人は多いのだという。

「まあほら、ツェッペリンとかを聴いていた世代が中年の危機を迎えて青春をもう一度って。でもやっぱり青春って一度きりなんですよね」

「ツエ……なんです？」

「はは、知らなくていいんですよ。成瀬さんはそういう感じじゃなさそうですし」

と笑い、白井が行こうとすると成瀬が引き止めた。

「先生。中年の危機って……」

「流行りのミドルエイジ・クライシスってやつですよ。中年が自分の人生について問う瞬間とでも言うんですかね」

「ああ、例の」

かつての相棒が言っていたことをまた思い出す。

成瀬を見て白井が笑った。

「成瀬さんて何か面白いですね」

身分は明かしていなかった。

今までの人生で、自分を面白いなどと言われたことはない。家庭でも職場でも自分や他人に厳しいいわゆるコワモテであった。しかし、音楽をやっている自分はどうも違うようだ。

「先生、もう少し練習していってもいいですか」

「もちろんです」

もう三〇分練習をすることにした。

汗びっしょりになってスタジオから出てもまだ物足りなく、階段の踊り場に座りこみ、スティックで太腿《ふともも》をスネアとハイハット代わりに叩きはじめた。

すると階段の上から若者たちの声が近づいてきた。シライミュージックには大小いくつかのスタジオがあり、若者が多く使っていた。

賑やかなその声が成瀬の前を通り過ぎようとしたとき、ふとその声が止まった。

成瀬は気づかずに夢中でリズムをとっている。

「お父さん……」

「え？」

見ると、法子が怪訝《けげん》そうに立っていた。

繁華街で一緒だった少年たちもいる。

「え？　の、法子!?　な、なにしてんだ？」

「バンドの練習だよ……」

娘とはあの夜以来であった。

あの言葉が胸にずっと刺さっている。

「二度と私の人生に関わらないで」

あの頃以来、娘にはブロックとやらをされてきた。

長い間、会って話をしたいと願っていたが、いざ目の前に現れると何を話していいか分からない。

法子の目が成瀬の握りしめているスティックを凝視している。

「え？　あ……こ、これはな」

成瀬の緊張が極限に達した。

「えー、あー、そうだな、そう、お父さんはもう刑事ではなく、警察の音楽隊でドラムを担当することになってな」

「なんとなく分かってたよ」

「そっか。分かってたか。え？」

と法子の顔を見やる。

「制服」

「え？」

「いないとき、たまに家行ってたの。おばあちゃんのことが気になるし。そこで白い制服見つけた」

そうか、そうだったのか。

成瀬はホッとした。

刑事じゃない自分に違和感があるのは、もしかしたら自分だけなのかもしれないと思った。

「法子のお父さんのドラム、めちゃ気にならね？」

「なるなる。すごい気になる」

ニヤニヤしながら少年たちが言った。

中年男の下手くそなドラムを見て笑おうというのか。

余計なことを言いやがって。心の中でそう思いながら睨むと、二人は縮み上がった。

「……じゃあ、実力見てあげようかな」

法子から思いがけない言葉が出た。

「そうか……じゃあちょっと見てもらおうか」

娘との関係を修復したい一心でついそう言ってしまった。何でもいいから娘と繋がっていたい。

「軽く叩くのを少し見てもら……」

「じゃセッションしね？」

また少年が余計なことを言った。

「いいわね」

法子ものっている。

そこへ運悪くスタジオの白井が通りかかる。

「あ、店長、大きいスタジオ空いてますか？」

「え、ああ、空いてるよ」

「ちょっとお父さんとセッションしたいんだけどさ」

「え！　お父さん？　成瀬さんと法子ちゃん親子なの？」

「うん」

白井が驚きのあまり呆然と突っ立っている。

「いやー、鳶《とび》が鷹《たか》を生むとはこういうことを言うんですねー。どうぞこちらです」

けっこう失礼なことを言われながら、成瀬が連れていかれたのはいちばん大きなAスタジオであった。バンド全体で練習できる大きさである。

話し合いが行われ、四人がプレイするのは「聖者が街にやってくる」となった。広岡の大好きなバンド、ラフィンノーズがロック調でアレンジしたこともあり、課題として軽くやらされたことがあったが、今も覚えているかどうかは分からない。成瀬は不安そうにドラムセットに座った。

「本当に叩けるのかな？」

法子の後ろでメンバー二人がコソコソと話している。ひとりはベースを、普段ドラムのほうはタンバリンを手に準備しているが、実際のところ、成瀬のドラムを信用していないというのが本音のようだ。

成瀬はそれくらい「ドラムを叩かなそうな人間」なのだ。

法子もまたギターの準備をしながら、あたふたとドラムの準備をする父親を複雑な気持ちで見ていた。あの父がドラムを叩けるなんて、どうしても想像できない。おそらく素人がポコポコと叩く程度で、メンバーに学校でネタにされるに違いない。

成瀬がドラムのセッティングを終えると、法子のギターに目がいった。自分のせいで地面に落としたのだ。ギターには大きな絆創膏が貼られていた。

「法子、悪かった、あの日は……」

「……すごい修理費かかったんだから」

「すまん……」

成瀬はしゅんとした。

「もういいよ。絆創膏貼っといたし」

と法子が笑った。

「やろ」

「じゃ行くぞ」

「うん」

成瀬が叩き始めた。

メンバー二人が顔を見合わせた。

迫力の音がスタジオに響き渡った。

嘘でしょ……。

法子も呆然と見ている。

父のドラムが完全に様になっている。

「おい……」

「うん」

「すげーうまくね」

「うん」

メンバーたちも驚いている。

成瀬は叩きながら変化を感じていた。広岡に教えてもらって叩いていたときと違って、手が勝手に動くのだ。ここ最近たくさん練習をしたせいもあるが、きっとそれだけではない。リズムに体がついていくのを感じる。

気持ちいい。

娘が目の前で見ていることも忘れ、成瀬は夢中で叩いた。

法子が仲間達に目配せをしてギターを構えた。

「よし」

父のドラムに合わせて簡単なコードを押さえてみる。ベースもタンバリンも入ってきた。

「お父さん、走ってるよ！」

法子が叫んだ。

「おお、すまん！」

成瀬が調整する。

二人はお互いを見やった。

セッションするときはお互いの視線で熱情を共有するのだ。それは春子に教わった。今は娘と視線を交わしている。

二人が微笑む。

娘のこんな笑顔を見るのはいつ以来だろうか。きっと離婚するずっと以前だ。

ドラムが春子との関係を改善し、幸子と、そして法子との関係をも変えてくれるかのようだ。

成瀬は夢中で叩き続けた。

娘とのセッションが終わって、白井がスタジオを閉めに来た。

「ご利用ありがとうございました。いやでもびっくりですよ二人が親子だなんて。それに成瀬さんが警察官だなんて」

「すいません。悪気があったわけじゃ」

「いいんですよ。また来てください。だんぜん教えるのにも力入っちゃいます」

店を出た娘と仲間たちは成瀬のドラムで異様に盛り上がっていた。

「いや、すげーってお父さん、センスあるよ」

「そんなことないよ」

「いやすげーよ。法子のギターよりセンスあんじゃゃね」

「なわけないでしょ！」

子供たちは興奮している。

成瀬はひとときのいい気分を感じながら後をついて歩いた。

少し歩くと前方の道路から怒鳴り声が聞こえた。

「だったら全員捕まえろよ！　この町で車乗ってるやつ全員をよ！」

見ると、交差点の先に停まっている車の運転手が降りてきて怒鳴り散らしていた。

その前に一台のパトカーが停まっており、二人の女性警察官が男を前にしていた。

「全員を取り締まることはできません。私たちは目の前の違反者から取り締まっています」

春子であった。

どうやら駐車違反をしていたようだ。

男が春子に詰め寄る。

「だったらオレは運が悪いだけなんだな！　女なんかに捕まってよ、運が悪いとしか思えねえよ！」

明らかに女性を侮蔑《ぶべつ》する態度をとっていたが、春子は毅然として動じない。実際、女性警察官だからといって態度を変える違反者は多い。無視して業務を遂行するのみだ。

「免許証の提示をお願いします」

「嫌だね！」

「ではパトカーに乗っていただけますか」

「嫌だね！」

成瀬は音楽隊に入ったころの春子の言葉を思い出した。

「あなたみたいな男性、私いつも現場で相手してるから怖くないの」

北村を威嚇した成瀬に春子はそう言った。

「名前と所属言えよ！　ユーチューブに晒《さら》してやるからよ！」

携帯で春子を撮影しながら男が叫んでいた。

明日は音楽隊の訓練の日だ。こうやって目一杯仕事をして、春子は明日も業務をこなさなければいけない。いくら好きな仕事とはいえ、大変なことだ。成瀬はどうすることもできずにその場を離れた。

翌日は市の体育館に来るよう指示があった。市の体育館はバレーコートが三面取れる大きさで、端の一面ではママさんバレーが練習していた。そのほかの空いているバレーコート二面分に、沢田の指示で床に四角くテープが貼られている。

成瀬がやってくると、先に来ていた広岡と国沢が二人でほっほっと準備運動をしていた。

「先輩、今日は何するんですか？」

広岡に聞いた。

「マーチングの訓練だよ」

と傍《そば》にあったマーチング用のバスドラムを指差す。

「後輩、お前はこのでかいのを担ぐんだ。体ほぐしとけ」

「あ、はい」

「オレは歳だからな、こっちの小さいほうだ」

と小さいスネアドラムを指さす。

成瀬も屈伸を始めた。

「マーチングを得意とする音楽隊は多いですからね。うちも負けてらんないですよ」

なぜか腕立て伏せを始めた国沢が言う。

広岡が続く。

「うちの隊もいつかは世界に打って出たいな」

「世界？」

「世界のお巡りさんコンサートですよ。いつか参加したいっすね」

「そんなふざけた名前のコンサートがあるんですね」

成瀬は知らなかったが《世界のお巡りさんコンサート》と銘打《めいう》って、世界中の警察音楽隊がパレードやコンサートをするイベントがあった。

ニューヨーク市警察音楽隊、パリ警視庁音楽隊、ほかにも韓国、タイなど世界中から錚々《そうそう》たる隊が集まるのだ。

「いいですね。オレも参加してみたいな」

成瀬が微笑んで言った。

世界中に自分たちと同じことをしている隊があることが、なぜか誇らしかった。

「何を夢みたいなこと言ってるんすか。そんなのありえないでしょ。うちの隊なんてお呼びじゃないですよ」

と、近くで聞いていた北村が話に入ってきた。

「お前は夢がないねー」

夢気分からさめた広岡がしょんぼりと言う。

確かに夢物語ではあった。

でもいつか目の前で見てみたい。いや、参加したい。

成瀬は心の中でそう思った。

世界中の音楽隊と一緒に演奏したいし、警察一と言われる警視庁音楽隊にも関心があった。

成瀬の中で夢が膨らんでいった。

よし！　マーチングも頑張って一刻も早く上達したかった。

成瀬がドラムを抱えあげると、

「ではみなさん！　楽器を置いて集まってください！」

沢田の声が聞こえた。

楽器を置いて？

どういうことだ？

「先輩、楽器使わないんですか？」

広岡に聞く。

「音出すとうるさいって、近所のじいさんが怒鳴り込んでくるんだよ」

「そうですか」

「心の中で奏でとけ」

「はあ」

こうして体育館の端っこで隊員たちが長方形に並び始めた。

「隊形は素早く作るようにしましょう」

「はーい」

のんびりした隊員たちの声が聞こえた。

マーチングでいちばん重要なことはバンド全体の統一感だが、基本の隊形からしてバラバラであった。本来は個人の規則的な動きがあり、それがグループの美しい連携に繋がり、観客にフォーメーションを見せるものだが、成瀬が素人目で見ても美しさのかけらもなかった。

「セットアップ！」

沢田の掛け声で全員が両手を上げて楽器を構える形になる。

「マークタイム！　マーチ！　1、2、3、4、5、6、7、8……」

足踏みが始まるが、まるで揃っていない。

「では、フォワードマーチ！」

前への移動が始まる。

マーチングの足の運びは独特で、かかとから足をつけてつま先に重心を移動するような形を繰り返すので、非常に疲れる。

その後もライト＆レフトサイドマーチと呼ばれる方向転換を繰り返し、リアマーチ（後ろへ進め）と続く。

本隊が前後左右に動くと同時に、カラーガード隊もフラッグの基本形であるスピン（体の前で旗をくるくるまわす）を行いながら独自の動きで華を添えなければならない。

腕が痛い。

カラーガードの美由紀が苦痛を表情に出した。

美由紀はスピンが苦手であった。スピンには、シングルスピン、クォータースピン、サイドスピン、パラレルスピン他様々な技があるが、とにかく腕が疲れるのだ。

交通機動隊として車やオートバイを運転することも多く、美由紀の腕はいつもカチカチに張っていた。

沢田が考えたフォーメーションのラストは、カラーガードを中心に隊員たちが円形となりクルクルまわるというもので、繰り返し訓練を続けた。楽器を持っていないので手を胸の前で組むお祈りスタイルで全員が行進している様は、ほとんどお笑いにしか見えないようで、同じ体育館を使っているママさんバレーの面々が笑いをこらえているのが分かった。

「では一度曲をかけてやってみましょう」

ラジカセにCDをセットする沢田。

音量を落として「ボギー大佐」を流す。この曲は一九五七年の映画『戦場にかける橋』にて「クワイ河マーチ」としてカバーされ世界的に人気となった。

ママさんバレーのお母さんたちが見ている中で、音楽隊は曲に合わせてフォーメーションを次々に組んでいくが、その動きは相変わらずバラバラであった。

美由紀の腕は限界を超えて何度もフラッグを落とした。

「何度も落とすなよな！」

犬猿の仲の北村がイライラと怒鳴った。

そんな北村もフォーメーションを逆方向に進み、大勢の隊員をなぎ倒した。

「逆だよ逆！」

倒れた隊員も疲れからか声を荒らげてしまう。

「すいません……」

「人のこと言う前に自分もちゃんとやりなよ」

美由紀が睨む。

「何度やれば覚えんだよ」

「そっちだっていつも間違ってるじゃないですか！」

「オレはちゃんとやってんだろ！」

揉《も》め事が波及して、あちこちで小競り合いがはじまった。

成瀬はそれをじっと見ていた。

横では春子が悲しい目で立っている。

「ストップストップ」

沢田がラジカセを止めて仲裁に入ると、ようやく喧嘩が収まった。

「みなさん、定期演奏会はご存知のように我々にとっては一大イベントです」

このマーチングは定期演奏会に向けた訓練であった。定期演奏会とは、全国大会とは別に県民ホールで年に一度だけ行われる県警音楽隊のコンサートだ。文字通り県民と警察とのかけ橋となる場で、ハツをはじめ多くの市民が楽しみにしている。

「とはいえみなさんも連日の勤務で疲れているのでしょう。今日はこれくらいにして、次はもう少しできるように頑張りましょう。では……」

沢田が解散しようとすると成瀬が口を挟んだ。

「隊長」

「はい？」

「もう少し訓練しましょう」

「え？」

「このままだと隊は全滅だ。訓練が必要です」

これには春子も乗った。

「そうですよ。やりましょう」

沢田はこんな言葉を待っていた。いつももっと練習したかったが、音楽に時間を割ける広報課所属の自分と違って、隊員たちはハードな部署で働いている。そのため、もっと練習をしたくてもどうしても遠慮して言い出せなかった。

「そうか。そう言ってくれるならもう少し訓練しようか」

沢田が笑顔で言うと北村が顔をしかめた。

「え、冗談ですよね？」

成瀬が返す。

「冗談ではない。単刀直入に言って、音楽隊は今、危機だ」

「そんなこと言われても、オレたち警ら隊はこのあと巡回あるんですよ」

「私たちもまだ仕事残ってるし」

美由紀も続いた。

スピンでカチカチになった腕で、まだオートバイに乗らないとならないのだ。バイクのスロットルはけっこうな力を要した。

いつも喧嘩している美由紀もここは北村の味方であった。

成瀬の頭に血が上がり始めた。

警察は縦型の組織なのだ。みんなが好き勝手なことを言いはじめたらまとまらない。

「おい！」

全員が声を張り上げた成瀬に注目した。

軍曹と言われたほどの元刑事だ。怒るとただならぬ迫力があった。

「少しくらいチームワークを重んじたらどうだ？」

以前もこうやって成瀬に睨まれた北村が口を開く。

「相変わらず怖いですね……そりゃそうか。軍曹って呼ばれてたんですもんね。でもみんなこの後まだ仕事なんですよ。国沢さんだって朝まで警らです。家族もいる。なのにこんなのパワハラじゃないですか。刑事のときみたいに、告発されますよ」

「告発？」

隊員たちがざわついた。

成瀬の異動の理由を知らされていないのだ。

刑事部からの異動はかなり特殊である。告発であれば……ありえる。そのことに誰もが納得した。

「一課に同期がいるんで知ってますよ。投書があったって」

顔を赤くした成瀬がゆっくりと北村に近づいた。

西田を追い詰めたように、成瀬はカッとなると暴力もいとわないことがあった。

「おい、成瀬……やめるんだ」

広岡の言葉も聞かずに北村の目の前に立つ。

「な、なんですか」

さすがの北村も数歩下がったが、成瀬は目前まで迫った。

全員が息をのむ。

「その通りだ」

「え？」

「……オレは告発をされた。事実だ」

全員の視線が成瀬に集まる。

「さっきもオレの言い方が悪かった。すまなかった」

困惑する北村に頭を下げて謝罪する。

これまで成瀬が頭を下げることなど一度もなかった。自分のしていることが常に正しいと思って生きてきた。しかしそれが間違っていたと気づいたのだ。

「すまなかった」

顔を上げずに再び口にした。

「……まあ、いいですよ。伝説の刑事様に謝っていただいたんでやれるだけやりますよ」

北村が恥ずかしそうに言い、場の空気がようやく和《なご》んだ。

「もう少しなら、まだ時間あるし」

美由紀もフラッグをギュッと握りしめる。もうちょっとはやれそうだ。それにスピンのやり方をもっと研究すればこんなに疲れないのかも、と思った。

「じゃあやりましょ！」

春子が隊形のポジションにつくとほかの隊員たちも続いた。

やる気とは常に主観的なものだと春子は考えていた。ひとりひとりの考え方ひとつでモチベーションが変化して、チームは結束することができるのだ。

クラシックでも吹奏楽でも、その変化を見逃してはならない。

春子は成瀬を見た。

この元刑事のおかげで今、新しい風が少しだけ吹いたのだ。

一方、沢田はこの日を一生忘れまいと誓った。

音楽というものはひとりでも奏でることはできるが、それが寄り集まってこそ奇跡が生まれるのだ。そして奇跡にはスタート地点がある。隊員としては今まで何度かその場に立ち会えたことがあったが、自分が隊長になってからはなかった。そして最近では諦めてすらいた。しかし今この瞬間こそ、奇跡のスタート地点なんじゃないか。

成瀬がやってきたころは正直厄介な男が来たと思っていたが、成瀬はこの隊を生まれ変わらせることができるのかもしれない……。

「じゃあ次は楽器を持ってやってみましょう！」

沢田が高らかに言った。

「はい！」

世界的名曲である「ボギー大佐」がかかると、隊員たちが新しい一歩を踏み出すように行進を始めた。映画『戦場にかける橋』でも、捕虜となった兵士たちが明日への希望をもってひたすら行進する。「ボギー大佐」は気持ちを高揚させる曲であった。

成瀬がふと春子のほうを見ると、春子が微笑んだ。

このマーチング練習の日から確かに、隊員たちの中で何かが変わっていった。


あんなにも夢中で訓練したのは初めてだった。

実家住まいの北村は帰るなり疲れでソファに座り込んだ。

昔は何にでも前向きに取り組む性格だったが、あの日からすべては変わった。

刑事になるための実習に参加したのは冬の寒い時期であった。それでも制服ではなく、スーツを着ていることで刑事になる実感が寒さをどこかへ追いやった。

北村が一ヵ月の実習先として配属されたのは薬物・銃器対策係であった。そのころ、北村が入ったチームは麻薬を所持しているひとりの容疑者を追っていた。何日にも亘る張り込みを経て、容疑者逮捕は北村に任された。難なく北村は手錠をかけ、署へ連行する最中にあれは起きた。

容疑者がトイレを我慢できないと言い出し、車から降ろして公衆トイレへと向かった。北村が片方の手錠を外したその瞬間、犯人が暴れ始め、もうひとりの刑事が股間を蹴り上げられ倒れ込み、北村は男に組みついた。

「おとなしくしろ！」

叫んだが、男は北村の顔に何度も頭突きをして、鼻を折られた北村はついに手を離してしまい男は窓から逃げてしまった……。

刑事への夢が絶たれてからというもの、仕事へのやる気がまったくなくなった。

「ごはんどうするの？」

母の声が聞こえる。

「いらないや」

北村は持ち帰ったケースからサックスを取り出し、ソファで簡単なフレーズを吹いてみた。

次回の出動で演奏する予定の曲だ。

「ちょっとやめてちょうだい、そんなとこで吹くの」

「ごめんごめん」

北村は風呂場に向かった。

空の浴槽に座り込みまた吹いた。

手は動かないし、まるでいい音が出ない。それはそうだ、長年きちんと身を入れて練習していない。

もう一度吹く。

サックスは魂を吐き出すことができる魔法の楽器だ。

違う。

また吹く。

「ちょっと！ うるさいわよ！」

母親の怒声が飛んできた。

北村はひとり微笑んだ。

久しぶりにサックスが楽しいと思った。

そのころ、国沢もまた家の中で練習していて妻に追い出されてしまった。チューバは金管楽器の中で最も低い音域を持ちよく響く。そしてとにかく大きい。

「うるさい！」

とか、

「邪魔！」

と家族に苦情を言われ続けてきた。

仕方なくチューバを抱えて、駐車場に停めてある軽自動車の中で練習を続けた。

うまくなりたい。

以前、成瀬に言ったようにそれは国沢の本心であった。確かに自動車警ら隊の勤務と音楽を兼務することは厳しい。しかしそれ以上に国沢自身が音楽隊を必要としていた。

国沢は中学生のころにひどいいじめを受けていた。体は大きかったが、集団に溶け込むのが苦手だったのだ。気持ちも優しすぎた。クラスで疎外されていた国沢を受け入れ、心の支えになってくれたのが中学の吹奏楽部であった。

自動車警ら隊に配属になったときもすぐに馴染むことができなかった。そのとき声をかけてくれたのが北村であった。

やがて音楽隊への辞令が下りた。北村をはじめ、隊のメンバーがどれだけ自分の支えになっているか。演奏がうまくなれば、隊に貢献できる。不器用で決して楽器向きとはいえない国沢だったが、やれるところまでやろう。そう心に決めた。

「クソ……」

この夜は何度も何度も練習を繰り返した。

春子は蓮を迎えに行くと、そのまま一緒に練習スタジオに連れてきた。別居している夫とはまもなく離婚ということになるだろう。

育児と仕事と音楽隊を全部成り立たせなければならない。自分にとってはどれひとつとして欠くことができない大事なものである。

水と油以上に交わることがないと考えていた成瀬が、隊の原動力となり始めた。多くの警察官、いや多くの男性と同じように保守的で自己中心的だと思っていたが、最近の成瀬は変わってきた。本人がそれに気づいているかどうかは分からなかったが、確かに変わったのだ。音楽によって成瀬に変化が訪れているのは明白であった。音楽とはそれだけの力があるのだ。小規模な単位であれ、自然災害や感染症の拡大などがあると、音楽は必要ないものに分類され、すぐに切り捨てられる。しかし、それは間違いだと春子は考えていた。引っ込み思案で孤独であった少女のころに出会ったのが、音楽だ。小学校で吹奏楽部に入り、大学まで音楽を続けた。クラシックやジャズやロックなどあらゆる音楽を愛してきた。

地元県警の音楽隊に入ってからは正直、そのレベルの低さに辟易《へきえき》していた。下手なうえに練習もしないで毎日文句ばかり言っている隊員たち。しっかりと強い指示を出さない隊長。そして何もできずにいる自分……。

しかし今、何かが変わるかもしれない。

「私も負けてらんない」

遊んでほしそうな蓮を尻目に練習を続けた。

「ごめんね。遊んであげられなくて」

「ううん大丈夫。僕ひとりで遊べる」

春子は泣きそうになるのをこらえながら、トランペットを吹き続けた。


広岡は病院にいた。

娘の出産に立ち会っているのだ。

孫が生まれるのか……。

自分の年齢を再認識してしまう。

警察に入ってから三七年が過ぎ、まもなく定年退職だ。その間に妻ができて、子供二人が生まれ、今や孫が誕生しようとしていた。

警察に入って二年目で自ら音楽隊に志願した。

高校時代のバンド経験を認められ、すぐに入隊できた。自分が一〇代のころは空前のパンクブームであった。親や学校やすべての大人たちに反抗するパンクロックに魅了された。セックス・ピストルズやザ・クラッシュ、日本のバンドにものめり込みバイトをしてドラムセットを買い、バンドを組んだ。体制に反抗する音楽にハマっていた広岡が警察官になったときは、両親や友人たち全員がひっくり返った。実は、パンクと同時に当時大人気だった刑事ドラマにも憧れていたのだ。

『太陽にほえろ!』よりも『Gメン'75』が好きだった。刑事ドラマに出てくる男たちのようになりたかったが、結局何度かの試験に合格できずに刑事にはなれなかった。しかし、音楽隊でのパーカッションが自分の警察人生に華を添えてくれた。毎年開催される全国大会で、日本中の警察音楽隊の面々と演奏できることが楽しみで仕方なかった。ほかの隊に負けないように練習ばかりしていたら、三五年が過ぎた。最近では予算不足で全国大会が開催されないこともあった。

このまま引退か……。

そう考えていたところにひとりの新人隊員がやってきた。

驚くことに元刑事で、バンド経験も吹奏楽の経験もないという。しかし少し教えると生まれ持ってのリズム感ですぐに叩けるようになった。本人は嫌々自分の指導を受けていたが、広岡はこう考えていた。

後輩はいつか叩くことが大好きになるだろう。

そしてそれは現実となった。

今や成瀬はドラムの虜《とりこ》となり、そのパワーが隊全体の原動力となっている。

オレも負けねえからな。

広岡は、自分の音楽隊人生最後の日々を後悔のないようにしようと誓った。

「じゃあ、行くよ」

妻が驚いた。

「行くよって、まだ赤ちゃん抱いてないじゃない」

「家で抱くよ。今はやることがあるんだ」

そう言って広岡は病院を出た。

家には手作りの防音スタジオがあった。練習をしなければならない。じゃなければ成瀬に追い越されるのも時間の問題だ。

「負けねえぞ」

広岡はひとり呟いた。


数日後の日曜日、成瀬は娘の法子とバスに乗っていた。

成瀬は珍しくスーツを着ており、法子が不思議そうに見ている。

「お父さんがデートなんてねー」

「違う、同僚だってば、同僚」

シライミュージックのスタジオでセッションして以来、法子との距離は少しずつだが縮まってきた。映画やドラマでは家族の関係はあっという間に改善されるが、実際はそんなものではない。捜査で忙しく、長い間娘を蔑《ないがし》ろにしてきたのだ。異動となり時間ができたからといって急に素晴らしい親子関係が始まるわけではない。時間をかけて法子の父に戻りたいと成瀬は思っていた。

この日は駅で春子と待ち合わせていた。

成瀬は音楽隊以外の生演奏にふれたことがないので、春子に聴いてみたいと頼んだのだ。

「ちょうどいいのがあるわ」

春子は思いついたように言い、今日に繋がった。

蓮を連れてくるというので成瀬も法子を誘ってみた。拒絶されるかと思ったら意外に食いついてきた。

「お待たせ！」

春子がやってきた。傍には蓮が立っている。

「怖いおじさんだ」

蓮が成瀬を見て言った。

「怖いおじさんの娘の法子です。私は怖くないからねー」

蓮が笑った。法子は子供に好かれるたちのようだ。

「やだ、成瀬さんの娘さん？　全然似てない。可愛い」

「こんにちは」

「お父さんと同じ音楽隊の来島春子です」

「こんにちは！　来島蓮です！」

蓮が元気よく挨拶する。

「仲良くしようね、蓮くん」

「うん」

「あ、パトカーのおもちゃ」

蓮が手にしていたミニカーを見つける。

「お姉ちゃんも小さいころいつもそれで遊んでたよ」

「ほんと？」

「うん」

この二人は仲良くやれそうだ。

一方、普段と違う格好の春子につい見とれる成瀬。仕事では制服かスーツかジャージしか見たことがない。今日はカジュアルな黒のワンピースを着ており、とても似合っている。成瀬のほうは古びたスーツを着ていた。

「なんでスーツなんですか先輩」

「いや……音楽を聴く場所ならそうなのかなと」

「やだ、クラシック聴くわけじゃないんだから。さ、行きましょ」

電車とバスを乗り継いで着いた場所は、動物園だった。

「ママ、ライオン見たい！」

蓮が興奮している。母親とゆっくり動物園なんて、なかなか来られないのだろう。

ライオンやシロクマを見たあと、動物園中央にある広場に向かった。そこにはステージとたくさんの客席が設置されていた。

「ここでコンサートがあるのか？」

成瀬が聞く。

「アニマルジャズと言って、動物園が企画している子供用のコンサートなんです」

「へえ」

子供用か。成瀬は内心少しがっかりした。

「子供用と思ってバカにしないほうがいいですよ。音大時代の友人がやってるんですけど、メンバーはみんなプロなんだから」

すぐに客席が埋まりコンサートが始まった。

「みんな！　用意はいいかな！」

「はーい！」

子供たちの声がこだまする。

「はーい！」

ひときわ大きな声で法子も叫んでいる。

「おい、高校生がみっともない」

成瀬が恥ずかしそうに言う。

「何言ってんのお父さん。ライブなんだよ、盛り上がらないと。ほら！」

法子が手拍子を始める。

続いて春子と蓮も始めたので成瀬も仕方なく手を叩きはじめると、まわりの客席も呼応して手拍子がはじまった。

やがてそれは会場全体に広がった。

「法子ちゃん、さすがバンドやってるだけありますね」

音楽にとって重要なもののひとつが仲間との呼応である。成瀬にも最近分かってきたが、コンサートとなると客席とも呼応しなければならないのだ。それで言えば成瀬のデビューステージはまったくダメだった。客席と音楽隊の関係が断絶していた。会場中で鳴り響く手拍子を聞きながらそれに気づいた。

やがてアニマル楽団のメンバーが楽器を手に出てきて、子供たちから歓声があがった。全員が何かしらの動物のマスクをしている。

「ライオンだ！」

ライオンはそのままドラムセットに座った。

「へえ、ドラムなんだ」

「お父さんと一緒だね」

そう言われるとライバル心なのか、思わずドラムを注視してしまう。

そのほかにトランペットがゾウで、サックスはクマであった。やがてキリンの指揮者が登場し、演奏がはじまった。

「すごい」

思わず成瀬が呟いた。

春子の言う通り、のっけから演奏に引き込まれる。曲は成瀬も聴いたことがあった。「シング・シング・シング」という曲らしい。

「いえーい！　最高！」

法子もノリノリである。

会場では子供もその親たちも、音楽に合わせて体を揺らしている。

春子が耳打ちしてくる。

「このライオンすごいわ。バラバラになりやすいのに、ドラムの力強さでメンバーを引っ張ってる」

成瀬はライオンを見ながら拳を握りしめた。

自分も、もっとうまくなりたい……。

演奏が進んでいくにつれてその思いが強くなり、コンサートはあっという間に終わってしまった。

帰りの電車は大変だった。

蓮や法子が興奮してずっと話をしている。

成瀬も同じだ。

「本当にすごかったな。あの即興パートとか最高だろ！　エンディングもすごい気持ちよかったしな」

「先輩来てよかったですね。こういうのって勉強になるし」

急に黙りこむ成瀬。

「どうしました？」

「いや、オレたちも……あれほどは無理だとしても。もう少し、いい音出せるんじゃないかなって」

驚いた眼で成瀬を見る春子。

「そう、必ず出せるはずです」

「モチベーションの問題か。北村なんて明らかに上手だから、あいつさえやる気になってくれれば……」

「彼もいろいろ大変でね……」

「例の件か」

「北村くん、刑事への道を閉ざされたから」

「また受ければいい」

「でもモチベーションがね……」

音楽隊の現状を話し合いながら、二人は電車に揺られつつ帰った。


三週間が過ぎた。

暦の上では夏は過ぎていたが、町はまだわずかに暑い。

篠田は坂本を含めた数名の部下たちとともに駅前の広場にいた。

ステージが設置されており《犯罪撲滅キャンペーン》と書かれた横断幕がかかっている。その前では一日署長のタスキをかけたアイドル風の女性と地元のゆるキャラが、チラシと飴《あめ》を配っている。

篠田は捜査一課の長として長年悪質な犯罪と対峙してきた。しかし今回の連続アポ電強盗だけは、どうにも解決の糸口が見つからなかった。上層部より一般からの情報を収集するよう命令され、広報課に音楽隊の出動を要請した。人通りの多い場所で演奏をして、より多くの市民に情報提供を求めるのだ。しかし、本心ではそれがどれだけの効果を生むか懐疑的だった。それでも要請を出したのは、ひとつは藁《わら》にもすがりたい気持ちであったことと、もうひとつは音楽隊へ異動した成瀬の現状を見たかったからだ。自分の指揮に従わなかった人間がどうなったのか、この目で確かめたかった。

やがて音楽隊のバスが到着した。

隊員たちが集合すると成瀬は後ろのほうに立っていた。青い制服を着ているのが哀れに見える。篠田は階級や立場で物事を考える男だった。

隊長だという沢田が前に出た。

「みなさん、今日は犯罪撲滅と同時に連続アポ電強盗の情報提供を、捜査一課の要請で呼びかけますのでよろしくお願いします」

成瀬の表情をもっと見たいのに、帽子と太陽の反射でよく見えない。

まあいい。

篠田は前に出た。

「本日はよろしくお願いします。連続アポ電強盗への手掛かりとなる情報をみなさんとともに探したいと思います。またですね、音楽隊には捜査現場を熟知している元刑事もいらっしゃるということなので、とても心強い」

篠田がつい笑ってしまいそうになるのをこらえながら言った。

相変わらず成瀬の表情は読めない。

ただ、横にいる坂本は露骨に嫌な顔をした。この若い刑事は何だかんだ言って成瀬に傾倒していたのは知っている。成瀬は横柄《おうへい》ではあったが、同時に現場からの支持は厚かった。だからこそ、坂本に成瀬の負け犬姿を見せてやりたくて連れてきたのだ。

捜査一課で絶対なのは自分の命令だけだ。

「ではみなさん出動です」

沢田の掛け声で隊員たちがステージに上がり楽器を手にした。

出動？

警察を気取るんじゃないよ。

篠田はそう思いながらあたりを見回した。

「誰もいないじゃないか。こんな状態で情報提供を呼びかけて意味あるのか」

部下に言う。

駅前は人通りは多かったが、誰もステージを見ることなく足早に過ぎていった。一日署長のアイドルのファンが数名いるだけだ。そもそもこの暑さで人が立ち止まるとは思えなかった。

音楽隊が楽器を構え、両サイドに配置されたカラーガード隊もフラッグを掲げる。

沢田が前に出てきて頭を下げた。

小さな拍手が聞こえた。

音楽隊のファンたちだ。その中にはハツの姿も見える。

沢田が指揮棒を上げると演奏が始まった。

曲は「宝島」だ。八〇年代から活躍するインストゥルメンタルバンドのT－SQUAREによって生み出され、その後吹奏楽にアレンジされた名曲である。

成瀬がドラムを叩く。「宝島」の演奏は難しいが、練習に練習を重ねてきた。

軽快なリズムが駅前に響き渡った。

「お……」

捜査一課の部下たちから声が漏れる。

「意外と……うまいな」

篠田もつい本音を漏らしてしまった。

坂本は無表情にじっと成瀬を見つめている。ドラムを叩く成瀬の表情は軽快そのものであった。

成瀬はとても気分がよかった。捜査一課の面々がやってくることに音楽隊のメンバーたちは気をつかっていたが、成瀬にはもうどうでもよかった。

ふと顔を上げると、指揮する沢田の後ろのほうで夫の遺影を抱えたハツが立っていた。

ハツが口を動かすのが見えた。

「ダイ・ジョウ・ブ」

子供のころ、不安なまま太鼓を叩いていたら幸子も同じように口を動かしていたのを思い出す。

北村や国沢をはじめ、ほかのメンバーたちの腕も格段に上がり、「宝島」のリズムが駅前に鳴り響いた。

春子のトランペットと北村のサックスが隊を牽引《けんいん》する。

春子と成瀬は、北村のモチベーションについて沢田と話をして、サックスソロのある曲を選んだ。しかしソロパートが近づくにつれて、緊張の波が当の北村に襲いかかっていた。

キョロキョロと落ち着かない様子で北村が立ち上がる。

「宝島」はそもそも難しいのだ……。しかしいざ管に空気を吹き込むと、嘘のように指が動いた。北村の顔に笑みが広がった。風呂場でしてきた練習が活《い》かされていた。

楽しい。

そんな北村の気持ちは音楽隊をさらに力強く牽引した。

音に吸い寄せられるように、大勢の市民が音楽隊の前で足を止めてゆく。

呼応して、美由紀らカラーガードの四人がチラシを配りはじめた。

「情報提供お願いしまーす！」

連続アポ電強盗の情報求むと書かれたチラシを次々に配る。

「あ……課長、オレたちもやらないと」

坂本が言った。

捜査一課の刑事たちはつい演奏に聴き入っていた。

「そ、そうだな」

刑事たちも混じってチラシを配り始める。

この日の演奏はすべてうまく行き、最後には大勢の市民たちに囲まれ、大きな拍手が沸き起こった。

成瀬は頭を下げながら、市民たちの顔を見た。誰の目もきらきらと輝いていた。成瀬が今まで接してきた犯罪者たちや、仲間である刑事たちの疑い深く濁った目ではなかった。

キャンペーンが終わるとファンが隊員たちを囲む。駅前という場所もあってか、いつもよりファンの数が多かったし興奮もしていた。ファンにしてみれば、こんな素晴らしい演奏を聴ける日が来るとは思ってもいなかったのだ。

北村のまわりにはとくに多くのファンが集まっていた。北村はいわゆるイケメンなので、贔屓《ひいき》するファンも多い、それに今日の演奏では彼がいちばん輝いていた。

「よかったわよぉ」

北村が恥ずかしがっていると横から国沢がしゃしゃり出てくる。

「ありがとうございます！」

「ちょっと国沢さん！　横取りしないでください」

「いいじゃないかよ、オレもたまには褒められたいの」

「あなたいつも元気いいわねー」

「はい、元気だけが取り柄です」

あちこちで笑いが巻き起こっていた。

後ろのほうでは成瀬がハツと話をしていた。

ハツはいつものように夫の遺影を抱えている。

「また来てくれたんですね」

前回もそうだが、ハツはいつもきちんと着物を着ていて、おそらく幸子よりも年上かと思われるが潑剌としている。

「いつもありがとう。今日も元気をいただきました」

「それはこちらのセリフです」

「一曲目の『宝島』、私の大好きな曲なんですよ」

「宝島」は吹奏楽の名曲として長い間演奏され続け、ファンが多い。

一曲目で聴いていた人々の気持ちをとらえることができたのだな。成瀬は分析した。

「けっこう難しくて苦労しました」

「とてもお上手になられて驚きましたわ」

「いえいえ」

「ずいぶんと練習をされたんじゃないですか？」

「はい、最近はこれを持ってないと落ち着かないくらいです」

と手にしたスティックを見せる。

ハツと話をしていると気持ちが落ち着くから不思議だ。

今では意思の疎通すらできなくなった母・幸子の影を見ているのだろうか？　それもあるかもしれない。しかしそれ以上に、ハツが生きてきた人生そのものが自分に勇気を与えているのだと思った。

「まだまだ上手になりますよ。私には分かるの」

「はい、頑張ります」

遺影を見るハツ。

「この人も喜んでます。では、ごきげんよう」

去ってゆくハツの後ろ姿を見ていたら、撤収の作業をしていた春子がやってきた。

「次の県民ホールでの定期演奏会、お母さまを呼んでみたらどうです」

「え、嫌だよ」

「きっと喜びますよ」

「喜ぶったってボケてるから」

肉親ならではで無遠慮に言いながら、呼んでみてもいいかと成瀬は少し思った。

「でも先輩、本当に上達しましたね」

「そうかな」

「見違えるほどです。一課の軍曹殿には隠し持った才能があったんですね」

「よせよ」

成瀬が照れていると背後から声をかけられた。

「先輩……」

振り返ると坂本が立っていた。

「私、先にバスに乗ってます」

と、春子はバスに向かう。

「坂本か。久しぶりだな」

「かっこよかったですよ、ドラム」

「よせって……それより、捜査のほうは進んでるのか？」

「………」

坂本が無言になってしまう。

「そうか、話せないんだよな。すまん」

「坂本！　行くぞ！」

道路の反対側の車から声がかかる。

「では行きます」

坂本が足早に去ろうとすると、成瀬が呼び止めた。

「坂本」

「はい？」

「悪かった」

「え？　何ですか……」

成瀬の言葉を、坂本は何が何だか理解できなかった。

「現場でお前に怒鳴り散らしたり、手ぇあげたり、悪かった。簡単に許されることでないことも分かってる」

成瀬が頭を下げた。

「ちょっと……やめてください。いきなり何なんですか？」

「一度、ちゃんと謝りたかったんだ。それじゃあな」

そう言って成瀬はバスに戻っていった。

坂本は呆然と立ち尽くす。

成瀬は変わった。

ステージの上でドラムを叩いている成瀬を見て別人かと疑ったほどだ。ドラムの腕前もそうだが、表情がまるで違った。坂本が知っている軍曹と呼ばれた鬼刑事は、どこにもいなかった。

バスに乗り込んだ成瀬が音楽隊のメンバーたちと次々にハイタッチしているのが外から見えた。あんな笑顔の成瀬を見たことがない。いつも鬼神のような顔をしていたのに……。

坂本はしばらくバスの中の成瀬を見やり、やがてその場から去っていった。

駅前の演奏から数日が過ぎて成瀬は音楽隊の練習場に呼ばれた。そこには隊長である沢田のほかに、春子と広岡が待っていた。

「よく来てくれたね成瀬くん」

沢田がイスをすすめてくる。

「どうしましたか？」

「先日の防犯キャンペーンはご苦労様でしたね」

「よくやった後輩。オレは鼻が高いよ」

広岡が言う。

「我々音楽隊の演奏レベルが格段に上がったのを示す場となりました。北村くんの成長も著《いちじる》しいし。私としてはさらにレベルアップできるんじゃないかと考えていましてね」

「人数ですか」

成瀬が言った。

「さすが先輩」

春子が笑う。

音楽隊には圧倒的に人数が足りておらず、演奏の厚みがどうしても出ないのだ。

「それとやっぱり腕のあるやつが足らねえんだよな」

広岡が続いた。

「春子クラスのやつがもうひとりいればいいんだけどよ」

現状で、音大出身でプロに近い演奏ができる人間が春子しかいないのは事実であった。北村もかなり腕を上げたが、これ以上のレベルを目指すならば人数、そしてさらに演奏技術のある隊員が必要だ。

「何とかしないとね」

沢田が切羽《せっぱ》詰まった様子で言った。

次の日から、春子と成瀬を中心にしてメンバーの獲得に動くこととなった。音楽隊の隊員を決めるのはもちろん人事の仕事である。しかしチャンスはある。警察官が自ら願い出た場合は、受理される可能性が高い。人事も常に頭を抱えているのだから、その裏をかこうという作戦であった。

「音楽隊入隊の希望を出してもらえばいいんですよ。最低でも五人はなんとかしたい」

「そんなに簡単じゃないと思うぞ。いきなり五人なんて。まずはひとりでも見つかれば御の字じゃないか。そんな高望みしないでゆっくり探せばいいさ」

珍しく成瀬が冷静に言った。

「そんな悠長なことは言ってられませんよ」

そうして、春子と成瀬の勧誘が始まった。

「来島さん、お待たせしてごめんなさい」

県警ロビーで春子は、親交のあった女性警察官を呼び出した。

「あ、こんにちは。こちら音楽隊で一緒の成瀬さん。こちらは生活安全課の勝俣《かつまた》さん」

勝俣が座ると春子が矢継ぎ早に話しはじめた。

「勝俣さんは高校時代ずっとバンド活動をされていて」

「やだもう昔の話よ」

「それで音楽隊にお誘いしたんです。勝俣さんが入ればもう百人力って言うか」

「ぜひうちに来てください」

成瀬がカタい表情で頭を下げる。

「お願いします！」

「その話ね、申し訳ないんだけどちょっと難しいかなー」

「……そうですか」

「音楽は今でも好きだし考えさせてもらったんだけど、やっぱり生活安全課の仕事と両立させる自信なくて。本当にごめんね」

「……そうですか。残念です」

「来島さんはすごいね。両方頑張って」

「いえ、そんなことないですよ」

その後も二手に分かれ熱心な勧誘は続いたが、春子は虚《むな》しく六連敗を喫した。

成瀬も三連敗し、今は知り合いのつてで春子とともに、交番勤務の警察官を訪ねていた。その男は高校時代に吹奏楽部に在籍していたという。

「うちの高校は全国大会の常連でしてね、今もあの青春の日々を思い出しますよ」

「その気持ちをもう一度、音楽隊で味わってみませんか？　うちは和気藹々《わきあいあい》と楽しくやってて、いや本当に学校のようですよ」

とまくしたてた。こんなによくしゃべる成瀬は珍しいと春子は思った。怖そうな見た目とあいまって怪しげな勧誘に見えなくもないが……。

男はうーんと考えて言った。

「志願しろということですよね」

「端的に言ってそういうことです」

「地域課ですからねー。時間がね」

「彼女は交通課ですし、前は地域課の隊員もいましたよ」

「いやー、家族もいるし、勘弁してください」

春子が詰め寄る。

「両立は必ずできます！　一緒にやりませんか！」

男はその圧に怖気《おじけ》付いて一歩下がった。

これで二人の勧誘リストは全滅。国沢や広岡のラインもダメだったようだ。

「やっぱり難しいものですね」

二人は県警の食堂に移動してきて、作戦を練り直そうとしていた。

「わざわざ忙しくなりたいやつなんていないから、辞令でも下りないとやらないよな」

「先輩みたいにね」

「そう言うな」

成瀬が小さくなった。

「でも、なんとかしないと」

「そう熱くなるな、圧力がすごいぞ。さっきの彼、ちょっと引いてた」

成瀬が笑うと本気で春子に睨まれる。

「……すまん」

「それじゃとっておきの情報を出します」

「とっておきの？」

「私も最近知ったんですけど、うちの県警、とんでもない大物が眠っていたんです。新聞とか、噂とかいろいろ調べていたらすごい人に行き着いて。じつは今からここに来るんです」

成瀬が何が何だか分からない顔をしていると、その「すごい人」がやってきた。

「嘘だろ……」

スーツを着た男は歳のころは四〇歳前後か。おとなしそうな雰囲気だが、メガネの奥で光る小さな目は鋭い。

元警務部部長の杉田《すぎた》幹雄《みきお》警視正。

成瀬ですら知っている男であった。

「こんにちは。あなたが来島さんですか？」

「はい。交通課の来島春子です。こちらは音楽隊でパーカッションを担当しております成瀬です」

男は成瀬を一瞥した。一瞬で値踏みする。警察官になってからずっとこうやって人を見てきたのだろう。

「こんにちは」

と成瀬は頭を下げた。

杉田幹雄警視正は、本部長の五十嵐とは年齢は違えど、ライバルと目されていたキャリア組幹部である。杉田は警務部のトップとして辣腕《らつわん》をふるっていたが、今年に入り異例の人事で警察学校長に就任した。これが霞が関に戻る布石なのか、降格人事なのかは誰にも分からなかった。五十嵐による嫌がらせと噂する者もいれば、自ら願い出たと言う者もいた。ともあれ、県警きってのエリート警察官を春子は勧誘しようというのだ。

　杉田が座る。

「話は聞きました。単刀直入に言うと私に音楽隊に入れということですね」

「はい。杉田警視正の力が必要なんです」

　キャリアが音楽隊に入るなぞありえない。成瀬は春子の熱心さ、いや怖いもの知らずに脱帽した。

「私に音楽隊でできることはない」

　春子が身を乗り出した。

「いえ、杉田警視正は一〇代のころからジャズに親しまれていて、東大のジャズ研ではサックスプレイヤーとして数々のアマチュアコンクールでも優勝されています。私たち音楽隊は杉田警視正のようなプレイヤーを必要としているんです。音楽への情熱、そして腕前が必要なんです」

　静かに聞いていた杉田が軽く微笑んだ。

「警察の身上調査より詳しいね」

　気を良くした春子はさらに続けた。

「失礼を承知で申し上げてもよろしいでしょうか」

「どうぞ」

「現在の杉田警視正の状況ですが、確かに警察幹部の方が音楽活動なんてする時間はないでしょうし、そもそも前例がありません。警務部部長でいらしたころは、確かに難しかったと思います」

ピクリと杉田の眉が動く。

「しかし……」

「おいやめろ」

成瀬は何を言おうとしているのかを察知し止めようとしたが、春子はやめなかった。

「しかし、どんな政治的な動きがあったのか我々現場は知るよしもありませんが、現在の杉田警視正は警察学校長という立場でおられます。以前とは違い、今は音楽隊で活動する時間も取れる環境におられるのではないでしょうか」

春子がここまで物事をはっきり言うとは思っていなかった。成瀬は杉田が気分を害したのではないかとひやりとしたが、杉田の答えは淡々《たんたん》としていた。

「君のパートは？」

「トランペットです」

「好きなのかな？」

「はい。トランペットを、音楽を愛してます」

「では私に出番はない」

「なぜでしょうか」

「サックスを一〇年以上触っていないし、特段音楽も愛していない」

「かつてそう言っていた人を知っております」

と春子が成瀬を見やった。

春子がすごい目で睨むので成瀬は話した。

「私は元刑事で、隊に着任したころは音楽にまるで興味がありませんでした。しかし今は違います」

成瀬を一瞥し、杉田が静かに話しはじめた。

「幹部だから音楽隊という選択肢はない、という意見には反対だ。警察は変わらなければならない。気合いと根性だけで犯罪と戦っていくには時代が変わりすぎた。これからは警察官ひとりひとりが職務に集中できるよう、プライベートの充実ややり甲斐などを高めていかなければならない。しかし私は音楽を必要としていない。それだけのことだ」

立ち上がる杉田。

「しかし……」

春子が言いかけると、杉田は話は終わりだという視線を送った。

「頑張りたまえ」

と言って去っていく。

春子は口惜《くや》しそうに、杉田の後ろ姿を見送った。

「おいおい、とんでもないやつに声かけたな」

「私も調べてて驚いたんです。でも彼は本当に有名人で、当時のジャズ関連の雑誌とかにもいっぱい出ててこれは本物だって……」

「キャリアだからな。百歩譲って本人がいいって言っても本部長が許さんだろ」

「とくに杉田警視正は五十嵐本部長のライバルだと言われてますからね。グイグイと上がってきた杉田警視正を五十嵐本部長が飛ばしたという説は、リアリティがありますよね」

「まあ、惜しい人材だけど諦めるしかないな。ほら、サックスでそんなに本格的な人が入ってくると、ただでさえ拗《す》ねている北村が、さらに拗ねて辞めるって言い出しかねないしな」

「……そうですね」

と、春子は力なく笑った。成瀬の精一杯の冗談も虚しく、二人は肩を落として食堂を後にした。

その後の春子と成瀬を中心とした勧誘活動の末、やっと二名の希望者が現れた。

「二人か……」

一般職の男性事務員二人だ。二人とも学生時代に趣味で楽器を少々触っていただけということで、即戦力にはならなそうだった。

「二人でも大きな成果じゃないか」

沢田が言う。

「成瀬くんもありがとう。君がこんなにも音楽隊のことを考えて動いてくれるなんて想像もしなかったよ」

広岡が言葉を続けた。

「最初のころは怒ってばっかだったもんなあ。オレは音楽をやるために警察官になったんじゃない！　ってさ」

「先輩たち、ひどい言いようじゃないですか」

みんなで笑った。

とにかくやれるところまでやる。そう結論をつけて解散した。

その日成瀬はバスに揺られながら帰った。

目の前には夕陽に彩られた畑が広がっている。

初めて音楽隊事務所を訪ねたときを思い出す。どこまでも広がっていそうな畑を見ていると、不安と怒りを感じた。

しかし時は過ぎ、すべてが変わった。

最近の成瀬は毎日が充実していると感じていた。刑事への思いも日々薄れていたし、音楽の話を通して娘の法子とも会話が戻っただけでなく、以前より良い関係を築き始められている。

何よりも音楽というものにのめり込んでいる。

五〇代半ばを過ぎたいま、ティーンエイジャーのような高揚する気持ちを毎日味わっていた。

「厨二病《ちゅうにびょう》っていうんだよそれ」

法子にはそう笑われた。

意味は分からなかったが、父親が刑事であるより音楽家であるほうが、法子も嬉しいようだった。

その〝厨二病〟になるきっかけとして、春子に連れていかれたアニマルジャズの影響が大きかった。あれからジャズをはじめ、ドラムが使用されている様々な音楽を聴き漁るようになった。デジタル音痴だった自分が、娘に教えてもらってインターネットのストリーミングサービスにも入会して、毎日好きな曲を探している。

最初のお気に入りはビッグバンドだった。ベニー・グッドマンの名曲「シング・シング・シング」やグレン・ミラーなどのメジャーどころを毎日聴いた。

人生において音楽なぞまったく必要ないと思っていたくらいだったのに、自分でも信じられない。

ビッグバンドの次はジャズドラマーそのものに魅了されるようになった。

「法子、ユー何とかってのはどうやって見るんだ？」

「ユー何とかってユーチューブのこと？」

「そうそれ」

ユーチューブでは多くの古い映像が見られると聞いて、どうしても見たくなった。

そこでは伝説のジャズドラマーであるアート・ブレイキーや、圧倒的なスピードとパワーでプレイするバディ・リッチなどの映像を毎日のように眺めた。

「ロックも聴きなよ」

若い分、古いジャズが苦手という法子にそう言われ、ザ・ビートルズなどのロックバンドも聴くようになった。中でもレッド・ツェッペリンのドラマー、ジョン・ボーナムのドラムには感動すら覚えた。

そんなある日、広岡に言われて見たニューヨーク市警の音楽隊のカッコ良さにシビれた。自分の腕前を棚に上げ、いつか共演してみたいと思った。さらには日本の各都道府県の音楽隊のドラムが、どこも自分より上手だったことにもショックを受けた。

「しょうがないですよ。先輩はまだはじめたばかりだから」

春子に慰められたが、悔しかった。

警察の中でも、圧倒的な音を奏でる専務隊を常備する一一都道府県でいちばんのパフォーマンスを見せるのが警視庁音楽隊であった。

「オレはいつか警視庁音楽隊を越えたい」

成瀬が突然そんなことを言い出したので、沢田や春子が驚いた。

「あそこは……」

「音大出のエリート部隊なのは分かってる。でも悔しいんだ。警視庁を越えていつかニューヨーク市警察音楽隊と共演できるくらいのレベルになりたい」

「おう、オレも同じ意見だ。さすが後輩だ」

成瀬と広岡ががっちりと握手するのを見ていると、春子たちも夢物語ではないような気がしてきたので不思議だ。

あっという間だった音楽隊での日々を思い返しているうちに、家に着いた。あたりはもう真っ暗である。

「お帰り」

幸子がいつものイスに座って微笑んでいた。

「母さん。父さんを待ってるのか？」

幸子は不思議そうな表情をする。

「お父さん？　何言ってるのあんた。ずいぶん前に亡くなったでしょうに」

「……そうだったな。ごめん」

最近は元の幸子に戻る瞬間がほとんどなかった。

成瀬が幸子の隣に座る。

「なあ母さん」

「なに？」

「子供のころ、オレに和太鼓を叩かせたのを覚えてる？」

「当たり前じゃない。よーく覚えてるわ」

幸子が答えた。

数分、いや数秒後にはいつもの幸子に戻るのであろう。

もしかしたらこの瞬間が最後になる可能性だってある。

「ありがとうな。オレに太鼓と出会わさせてくれて」

成瀬が顔を見ないで言った。

すると幸子が、優しい表情で成瀬の手をぽんぽんと叩いた。


警察音楽隊の大きな仕事の中には、県警の様々な賞の表彰式での演奏があり、この日も県警本部内の講堂で本部長賞などの授与式が行われていた。

成瀬は久しぶりに式辞を読み上げる五十嵐の姿を見た。

突然の異動辞令から長い時間が過ぎようとしていた。

壇上で五十嵐が賞状を手渡すたびに、成瀬は音楽を奏でた。演目は「威風堂々」で成瀬はシンバルを担当していた。イギリスの第二の国歌とも言われる重厚な曲に成瀬も演奏しながら酔いしれていた。

五十嵐がいなければ自分は音楽にのめり込むことも、こうやってこの場で名曲を奏でることもなかった。異動辞令が下りて悔しい思いをしたことなどもうどうでもよかった。むしろ天に感謝した。

人生なにが起こるか分からないもんだな……。

この歳で夢中になれるものが見つかるだなんて。

そんなことを考えているうちに授与式が終わった。

「もっと演奏したかったよ」

春子にこぼしながら撤収作業をしている間、五十嵐は奥で受賞者たちと記念撮影していた。

「隊長、次の出動はいつですか？」

成瀬が隊員たちの譜面台を折りたたみながら聞いた。

「定期演奏会までは今のところないですね」

「演奏会の前に何回か出動したいです」

沢田が微笑む。

「そんなこと言ったって、『次はここで演奏したいんです』って希望を出せるわけじゃないですからね」

隊員たちが和気藹々と笑っていると、記念撮影を終えた五十嵐が音楽隊のほうへ向かって歩いてくる。

キャリアの県警本部長は雲の上の存在である。沢田をはじめ隊員たちが片付けの手を止めて、直立不動の姿勢を取った。

しかし、成瀬だけは片付けの手を止めず譜面台を次々にたたんでいる。五十嵐は隊員たちの前を通り過ぎて成瀬の前に立った。

「君もだいぶ馴染んできたようだ」

「はい、おかげさまで」

「どうだい、ドラムのほうは」

「うまくなりたいんですけど、なかなかそうは行きません」

五十嵐には成瀬の強がりに聞こえたが、言葉は成瀬の本心であった。

すると五十嵐が沢田のほうへと向かった。

「君がリーダーかね」

「はい！　音楽隊隊長で指揮者の沢田であります！」

「突然知事が連絡してきてねえ」

祭りでの失態のことを五十嵐が持ち出した。

「次の祭りの演奏は大丈夫なのかって聞いてくるんだよ」

沢田は血の気が引いて今にも卒倒しそうだったが、必死で笑顔を取り繕った。

「あの、あのときは練習時間の関係もございまして……。でも、その後は隊員が練習を重ね、当時と比べると格段にレベルが上がっておりますので問題ございません。自信をもって知事にも楽しんでいただけるかと思います」

事実、音楽隊の演奏は段違いにうまくなっており、各隊員たちの顔にも自信となって現れていた。

すると五十嵐は音楽隊の面々を見ながら続けた。

「常々思っていたんだがね」

「何でございましょうか」

「私はね、公安職で採用された警察官が音楽を奏でることに異議がある」

警察には公安職で採用された警察官と、警察一般職と呼ばれる警察官の権限（武器の使用、捜査、交通取締《とりしまり》など）を行使することはできない警察職員がいる。

公安職は主に治安維持に従事する警察官のことで、そのために採用された公務員がなぜ治安維持ではなく音楽を奏でているのか。公安職の警察官は犯罪とだけ戦っていればよい。文化活動の必要はない。

五十嵐は言葉の裏にそんな意味を吹き込みながら続けた。

「他県警に先立って音楽隊の廃止を考えている」

隊員たちの時間が静かに止まった。

はじめに我に返ったのは沢田であった。

「お言葉ですが、そのようなことが可能とは思えません……」

「なぜだ？　どこの県警も予算不足が限界まで来ているじゃないか」

ようやく隊員たちも何を言われているのかを理解した。

「知事とも話し合って、県内の活動休止を進めると同時に、全都道府県の音楽隊廃止を警察庁に提言するつもりだ。まあ、警視庁と皇宮警察の音楽隊くらいは残していいと思うがね」

野心家として知られている五十嵐は、県警本部長などでキャリアを終える気はさらさらないはずだ。後々霞が関の警察庁に戻って重要ポストを歴任したうえで、政治家への転身すら考えている。そんな野望を抱いている五十嵐なら、あながち脅しだけではないかもしれないと成瀬は考えた。

そのとき、春子が五十嵐の前に出た。顔が怒りに震えており、成瀬もさすがにまずいと止めに入ろうとしたが、間に合わなかった。

「お言葉ですが、本部長は勘違いしておられます！」

「ほう。どんな勘違いだ？」

「音楽なんて遊び、音楽なんて無駄だ、必要ないと考えておられるとお見受けしました。しかし、私たちは音楽を通じて警察に対する理解と信頼を深めてもらい、ひいては犯罪や事故の抑止、早期解決にも繋がる活動であると思っています。地元に根付いた市民との交流は無駄ではなく、生きる糧《かて》ともなり得ると私は思っております」

成瀬が五十嵐を見る。顔を覚えられると自分のようにひどい目にあうかもしれない。

「もういい、やめるんだ」

成瀬の制止も春子の耳には入らない。

「私たち音楽隊が演奏しなかったら、誰が市民との文化のかけ橋になるんでしょうか？」

「消防も自衛隊も音楽隊があるじゃないか。何もいちばん忙しい警察がやることはない」

「しかし……」

まだ食い下がろうとする春子を五十嵐が手で制した。

「君は事務員かね？」

「いえ。本部長のおっしゃる公安職員です。交通課勤務です」

「交通課での業務と音楽隊の活動を、君は十分に両立できているのかね？」

春子は言い淀《よど》んだ。

蓮が生まれてからはとても両立できているとは言い難かった。

「できるように努力をしております」

春子の目に悔し涙が滲んだ。涙は好きじゃない……なのにいちばん出てほしくない場面で……。

案の定、五十嵐の視線が春子を見下ろした。

しばらく満足そうに春子を見やった後、沢田を見る。

「次の、何だ……、定期演奏会というんだっけ？　それで最後だ」

夢にも思わない指示が下り、隊員たちは呆然と立ち尽くした。

五十嵐が成瀬の耳元にささやく。

「ここがなくなると、次の君の行き先はどこになるのか楽しみだ」

そう言い残して去っていった。

その日の夜、音楽隊の主要メンバーたちが春子の実家のお好み焼き屋に集まった。

「あーあ、とんでもないことになったなー」

国沢が力なくつぶやいた。

するとその隣の北村がビールを一気に飲んで言った。

「なくなったらなくなったでせいせいしますけどね」

国沢が北村を睨む。

「お前、よくそんなこと言えるな」

「上がそう決めたならオレたちは従うしかないじゃないですか。それが組織なんでしょ。せっかくやる気になっても、結局は無駄なんですよ」

カラーガード隊の美由紀も同意する。

「そうですよ。私だって音楽隊がなくなれば……ぶっちゃけ楽になるし」

「楽になれば何だっていいのかよ！」

国沢が持っていたジョッキをドンとテーブルに置く。

「ちょっと、バカ力でジョッキ割らないようにしてよ。そりゃ、まあ、少し寂しいけど……最近面白くなってきたところだったし」

「そうだよ。確かにオレたちは最初は好きで集まってきたわけじゃない。命令を受けて音楽やってるよ。職務と両立するのだって大変だよ。でも、ハツさんたちみたいに聴いて喜んでくれる人だっているじゃないか。ひとりでもそんな人がいるなら、やっている意味あるんじゃないのか」

国沢が思いを一気に吐き出すと、その場は静かになった。誰も口を開こうとしなかった。

とくに春子は終始無口で俯《うつむ》いている。

成瀬はこの中では隊歴がいちばん浅い。しかし音楽隊へ来た当初と違い、今はこの隊を必要としている自分がいる。

しかしその思いは口には出さなかった、いや出せなかった。

ずっと無言だった沢田が口を開いた。

「悪い奴らを捕まえるだけでいいのかね？　警察はそれだけやってればいいんですかね。成瀬くんはどう思いますか？」

「オレも……昔は本部長と同じ考えでした。だからオレには何も言う資格はないですよ」

「成瀬くんは変わった。人が違うくらいにね」

「はい。そう思います」

「私はね、本部長の言う警察官じゃないんだ」

成瀬はじっと聞いた。

「音楽をやるためだけに入った一般職だ。捜査もしないし逮捕権もない。正式な階級も警部とは言わない、係長だよ」

じっと俯いていた広岡が顔を上げた。

「沢田は東京のミュージカル劇団出身なんだよ」

「そう。私は若いころ、ミュージカルとともにいた。まさに青春時代だ。でもね、結婚をして子供も授かってミュージカルだけでは生活ができなくなった。それでも音楽で食っていける道はないかと探してここへ辿り着いたんだ。君は刑事として三〇年を生きた。同じように私も長い時間を音楽隊員として生きたんだけどね……それが無意味だったのかなってね……」

沢田の頬を涙が伝う。

「なくなるなんて……そんなのあり得ないだろ」

広岡がつぶやいた。同じように音楽隊とともに長く人生を歩んできたのだ。

税金で運営されている行政機関である警察で、音楽が必要かどうかを成瀬は判断できなかった。しかし長い歴史があり、そこに関わる多くの人生があり、ハツのように勇気をもらえると言ってくれる市民が少なからずいるのも事実であった。

国でも自治体でも組織でも、人間が集団で生活していると、大なり小なり危機が起きるたびに文化事業の必要性が問われてきた。

昔の成瀬はこう答えたはずだ。

「必要ない」と。

しかし今はこう答えるだろう。

「絶対的に必要だ」と。

今の成瀬にとって音楽は欠かせないものとなっていた。

そんなことを考えていると、俯いていた春子が突然立ち上がった。

「……私のせいです」

「え？」

「私のせいでバチが当たったんだと思う」

「そんなわけないだろ。何を言ってるんだ」

成瀬は春子の言っていることが理解できなかった。

「私、みんなを裏切った」

「裏切った？」

「除隊願を出してたの」

隊員たちがざわつく。

「本部長にあんなこと言っときながら、私はみんなを見捨てた」

春子の目に再び涙が滲んだ。

「ごめんなさい」

大きく頭を下げて春子は店から出ていった。

「行ってきます」

と沢田に言い残し成瀬はすぐに追いかけた。

店の外ではうらぶれた繁華街のネオンが寂しく光っている。

春子が前方を歩いているのが見えた。

「待ってくれ」

春子が立ち止まった。泣いているのを隠そうと振り返らないでいる春子の背中に向かって、成瀬は話し始めた。

「いやあ、しかし、今日は驚いたよな。気が強いとは思っていたが、本部長にあそこまで楯突くとはな。そんなやつオレ以外にもいるんだなあ……。あ、いや、これは褒めてるんだが……その……まあ」

こんな言葉をかけたいわけじゃない。

「君が、その……トランペットを吹いてるのを見ると……その、とても気持ちが安らぐんだ」

自分で何を言っているのか分からなかった。

春子には好意を抱いていた。

しかしそれがどのような好意なのかは自分でも分からなかった。分かっているのは、春子は自分の人生を大きく動かしたということだ。

成瀬の家の納屋での二人きりのセッションが、成瀬を変えた。

「すまん。わけの分からんことを」

春子が振り返って成瀬の顔を見上げる。

「ううん、ありがとう、先輩」

そう言って春子は微笑んだ。そして足早に去っていった。成瀬は追いかけてその顔をもっと見たいと思ったが、その願いは叶《かな》わなかった。

住宅街に低いエンジン音が響いている。数台の車が停まっているので不自然ではないし、この近辺には監視カメラが設置されていないことも分かっている。

ハンドルに置いた西田優吾の手に汗が滲む。捕まるなら捕まりたい。以前、家にやってきたあの頭のおかしい刑事でもいい。自分を捕まえてくれと思う。

どうしていいか分からない。西田は途方に暮れていた。ここ数ヵ月、仕事の連絡がなかったことにすっかり油断していたが、昨夜になって指令が突然やってきた。様々な命令を出すのは頭だ。冷徹で決して油断をしない男だった。西田はグループでは下っ端だったし、そんなに機転が利くほうではないので重宝もされていなかった。ただし車の運転にだけは自信があった。暴走族だった腕が買われ、今もアポ電強盗のドライバー席に座っていた。

辞めさせてください。

何度もその言葉を頭で反復していたが、結局言い出せなかった。報復が怖かった。

そんなことを考えていると、後部シートから声が聞こえてきた。

今日の獲物が引っかかったようだ。

早く終わらせて帰りたい。

次こそ足を洗うのだ。

後部シートの声がさらに大きくなった。

「はい、そうなんです。それで調査にご協力いただきたいのですが、現金はご自宅で保管されていますか？　ああ、そうですか。最近はお年寄りを狙った強盗が多く発生しておりますので、ご用心ください。はい、ご協力ありがとうございました」

ほどなく男たちは、いつものように車から出ていった。西田はこの瞬間がいちばん嫌いであった。車にひとり残ると不安で仕方ない。元来臆病な性格なうえに、暗闇がいっそう恐怖を駆り立てた。

西田が大きく息を吸い込んだ。緊張で今にも過呼吸になりそうだ。

正面の家ではチャイムが鳴らされていた。

ハンドルを握る手が震える。

自分だってこんなことはしたくないのだ。

「はーい」

ドアが開き、ひとりの老女が顔を出した。

翌日、成瀬は家でテレビの前のソファに座っていた。テレビのニュースが流れているが頭には何も入ってこない。

「年に一度のミュージックフェスタが近づいてまいりました……今年も多くのイベン

トが催されるようです」

地元の音楽イベントが紹介されていた。

あの日以来、何にも身が入らなくなった。

音楽隊がなくなる。

日本全国の警察に配置されている歴史ある部門を、消滅させるなんてことができるのだろうか。

ただの嫌がらせなのか。

しかし五十嵐が霞が関に提言することは考えられる。実際に、全国大会が近年開催されていない。開催地になると予算を捻出《ねんしゅつ》しなければならないから、どこの県警も嫌がるのだ。

試験的に定期演奏会を中止することは大いに考えられる。

もし本当に音楽隊がなくなったら五十嵐の言う通り、成瀬はどこに異動するのか？

それでも警察にしがみつくのか？

もはや辞めるか……。

成瀬は朝からずっと考えていた。

「お父さん！　聞いてる？」

ハッと気づくと法子が呼んでいた。

今日は日曜日で、法子が昼食を作りに来ていたのだ。

「ごはんだよ。何回も呼んでんだけど」

不機嫌そうに法子が言った。

「ああ……ごめんごめん」

席についた。

幸子はすでに食べはじめている。

「おばあちゃん、いただきますは？」

幸子は返事もせずに豚の生姜《しょうが》焼きを夢中で食べている。法子は高校生ながら料理の腕前は確かなようだ。

成瀬が子供のころは「いただきます」を言わないと幸子が烈火の如《ごと》く怒っていたのを思い出して、顔がほころんだ。

「いただきます」

口にした瞬間「うまい」と唸《うな》った。

音楽隊のことをしばし忘れられそうだ。

「蜂蜜を少し入れてんだ」

法子が誇らしげに言って自分でも食べた。

「いただきます。うん、おいしい！」

「お母さんは元気なのか？」

「珍しいね」

「何がだ」

「お母さんのこと気にするなんて」

「そんなことないだろ……」

「おかわり！」

と幸子が茶碗《ちゃわん》を差し出す。

「おばあちゃん食べるの早っ！」

法子は茶碗を受け取りごはんをよそう。

「そんなに急いで食べて、喉に詰まらせたりしないようにね」

「なあ法子」

「え？」

「お前は将来何をやりたいんだ？」

「何急に？　キモいんだけど」

「もういい年なんだから、何かあるだろ。バンドか？」

「バンドは趣味だよ。音楽で食べていけるほど甘くないよ」

ドラムをくれたあの青年もそんなことを言っていた。成瀬の年齢の者からするとなんだか寂しい気がする。

「私は大学で福祉の勉強したいの」

「そうか、福祉か」

子供だと思っていた娘が、しっかりと未来に向かっていた。

いつかは幸子も死に、そして自分も老いてやがて死ぬ。

法子は大人になり、いつか自分のようにそれまでの人生について考えるときが来るのだ。

「好きなことをやったらいい」

「え、何なの本当に。キモいの通り越して怖いんだけど」

「ところで、今度音楽隊の演奏にギターを入れてみたらどうかって提案しようと思うんだけど」

「いいじゃんいいじゃん。いろんな音楽隊見たけど、ギター入れてるところもあったよ」

「だよな」

「そしたら何演奏する？」

「ディープ・パープルとか」

「いいねそれ！」

親子で盛り上がっていたら、幸子がぼそっと呟いた。

「司、ちゃんと太鼓の練習はしてるのかい？」

「してるよ」

成瀬は答え、法子と顔を見合わせて笑った。

そのとき、テレビのニュースが耳に飛び込んできた。

速報だ。

「先ほど入ったニュースです。県内で多発していたアポ電強盗事件が昨日新たに発生し、被害者が死亡しました。死因は、鼻と口をガムテープで塞がれたことによる窒息死で、被害者の死亡は初めてであり、県警は対応に追われています……現場より山田《やまだ》記者がお伝えします」

思わず立ち上がった成瀬。

「お父さん……」

死亡という言葉に法子も恐怖を感じたようだ。

成瀬は画面をじっと見ている。

「もうオレには関係ない……ごちそうさま」

と食器を流し台に運ぶ。

リビングからはニュースを読む声だけが聞こえてくる。

「死亡した被害者は市内在住の村田ハツさん八二歳で……」

茶碗を手に持ったまま飛び出てきた成瀬が、テレビの前に立ち塞がった。

顔が真っ白になっている。

成瀬の視線の先には、ハツの写真が映し出されていた。

「家を訪ねた近隣住民が玄関先で倒れているのを発見し通報した模様です……事件解決への糸口が見つからないまま、ついに殺人事件にまで発展した連続アポ電強盗……」

テレビの中にはいつものハツがいた。

親族が撮ったのだろうか、着物を着て恥ずかしそうにピースサインしている。

「お父さん！」

気がつくと成瀬は家を飛び出ていた。

犯行現場では今までにないほど、大勢の警察官が動員されて動き回っていた。

責任者の篠田はとてつもない焦りから、頭がおかしくなりそうなのを必死で堪えていた。刑事という職業は常に神経がすり減り、それを限界ギリギリのところでキープしているようなものだ。篠田は三〇年以上もそれを続けてきた。出世欲が強く、その欲望の力でなんとかやってきた。しかし、今回の事件で限界ラインを超えそうだ。つい数分前も、五十嵐本部長から直接電話で叱責された。五十嵐も自分と同じタイプだ。霞が関に戻るには、今回の失態を何とかしなければならないと考えているはずだ。

成瀬は気がつくと、現場の前に立っていた。

まわりには大小のカメラを担いだ大勢の報道陣と野次馬が集まっている。黄色いテープの向こうに建っているハツの家を見る。古いが手入れの行き届いた大きな家だ。この家を手に入れるために、彼女と夫がどれだけの努力をしてきたか。成瀬は見張り番の制服警官にバッジを見せて中に入ろうとした。

「待ってください。関係者以外困ります」

若い警官に腕を摑まれたが振り払って進んだ。

「止まってください」

騒ぎに気づいた記者が「あっち撮れ!」と叫んでいる。成瀬は最近のマスコミが好きではなかった。本来の報道の意味をはき違え、ワイドショーに置き換えてしまう。視聴されなくなったテレビや部数の落ちている新聞よりも、ネットニュースでの閲覧数を争うからなのか、派手な記事が書けるなら何でもありで、本来ならさほど大きく取り扱わないような小さなことまでも、とんでもなく重大な要素のように取り上げられる。その影響か警察は、捜査以外のことにも細心の注意を払い、遠慮した捜査を行わなければならなくなった。

まとわりつくカメラを押しやり、成瀬は中に入った。

ハツの家の広い庭を進んでいくと美しい花壇があった。

昨日までハツはこの花たちの面倒を見ていたのだ……。

そんなことを考えながら歩くと、庭の奥に玄関が見えた。入り口には青いビニールが張られ、中が見えないようになっている。

成瀬にまわりの声は何も聞こえていない。

家の前に捜査員数名が立って何やら話している。全員が頭と腕と足をビニール袋で覆っており、中には汗水が溜《た》まっていた。

その中には坂本もいた。

「坂本、状況を教えろ」

歩いてきた成瀬が言う。

「え……先輩？」

坂本が呆気《あっけ》に取られている間に、成瀬はビニールシートをめくって中に入った。玄関では三名の鑑識課の捜査員が現場検証していたが、成瀬に気づいて振り返った。

鑑識の先にはロープで被害者の倒れていた状態が象《かたど》られており、殴られて出血したのか血痕が残っていた。

「ハツさん……」

玄関の靴箱の上に目をやると夫の遺影が置かれている。

「ハツさん、そんなとこに寝てちゃダメですよ……」

成瀬の目にだけ、玄関で横たわっているハツの姿が見えた。

すると坂本の怒鳴り声で現実世界に引き戻される。

「先輩！　ダメですよ入ってきたら！」

坂本と若手刑事二人に飛びかかられ、玄関から連れ出される。

「なあ頼む、オレも何かしたいんだ、頼む！」

抑えていた感情が洪水のように溢れ出た。

成瀬の力に三人の刑事たちが手こずっていると、騒ぎを聞いて駆けつけた篠田が烈火の如く怒って詰め寄ってきた。

「またお前か！　部外者を連れ出せ！」

さらに三名の刑事が加勢して成瀬を庭へ引きずってゆく。

「なぁ頼む！　オレも力になりたいんだ！」

「いい加減オレたちに迷惑かけるのはやめろ！」

名も覚えていない若い刑事が言った。

「何でだ？　何で罪のない弱い人間ばかり狙うんだ！　何でだ！」

騒ぎを注視していた報道陣のカメラのシャッター音が響き渡った。

やがて成瀬は立ち入り禁止のテープのところまで連れてこられ、突き飛ばされた。

地面に尻餅《しりもち》をついた成瀬をハゲタカと化した報道陣が狙う。

「どうしましたか⁉」

「何があったんですか⁉」

「一言お願いします！」

現場のほうを見ると篠田がテープの向こうに立っている。

「みっともないな」

と呟いて篠田が玄関に戻っていくと同時に、報道陣の背面からすごい数の警察官が走ってきて、報道陣を追い払い始めた。

「下がってください！」

「いったいどうしたんだよ、説明しろよ！」

「いいから下がって！」

「あの人はなんなんですか？　警察の人ではないんですか!?」

成瀬は尻餅をついたままひとり地面に座っていた。目からは涙が溢れ出る。

ハツと初めて出会った日のことを思い出した。

「あなた、新人さんね」

「え、オレですか？」

「そう、あなたよ」

「はい……」

「演奏はまだまだだけど、所々いい音を出していたわ。あなたのドラムからは勇気をもらえる」

「勇気……あんなので？」

いや違う。

勇気をもらったのは自分のほうだ。

自分が刑事部を追われ、人生の迷路で迷子になっているとき、ハツの言葉で生き返ることができたのだ。

拳で地面を叩くと血が滲み出た。

こんなものはハツの苦しみに比べたら大したことはない。

ガムテープを鼻と口に貼られて……殺された。

守ることができなかった。

早い段階で犯人を逮捕していれば……ハツは死なずに済んだのだ。

「クソ！」

成瀬は立ち上がり、報道陣を押しのけながら歩き去った。

犯人グループへの憎しみは一歩踏み出すごとに増大した。

刑事だったころも被害者を憐れむことは幾度もあったが、どこか他人事だった。仕事として割り切っていたが今は違う。

憎い。

犯人をこの手で八つ裂きにしてやりたいと心の底から思った。

西田は家で震えていた。

恐怖心からか発熱していて、じっと布団をかぶっていた。

テレビでは昨夜の仕事が、繰り返し殺人事件として報道されている。

「はーい」

玄関に顔を出した老女の顔をまたニュースで見てしまった。自分の祖母とは違い上品な雰囲気だった。

あの婆《ばあ》さんが死んだ……。

西田は頭を殴られる瞬間の老女を見ていた。

倒れる瞬間、目が合ったような気がした。

あの婆さんが死んでしまったと聞いてすぐに、この町から逃げようと思った。しかしそれを察知してか、頭から家にいるよう釘《くぎ》を刺された。言うことを聞かなかったら家族までもが報復を受けることになる。

もう限界だ……。

自分にはもうできない。

あの頭のおかしい刑事もいつ来るか分からない。

足を洗うしかない。

一ヵ月後に金の受け渡しがある。

頭は用心深い。金の受け渡しはいつも西田の仕事であったのにもかかわらず、西田は頭の顔を認識できたことは一度もない。そう命令され、気の弱さから見ないようにしていた。

いつものあの場所だ。

いつも何かしらのイベントをやっている。

なぜあんなところを待ち合わせ場所にするのかは分からない。

そのときブザーが鳴った。

「警察です」

心臓が止まりそうになった。

ドンドンとドアが叩かれる。

バイクが外に停めてあるから、いることはバレている。

窓から逃げようかと思ったがやめた。

あの刑事かもしれないが、ここは我慢比べだ。

西田はゆっくりとドアを開けて言った。

「何だよ？」

目の前には若い刑事が立っていて、バッジを見せてきた。

「県警の坂本だ。入るぞ」

坂本は西田を押し退《の》けると中に踏み込んだ。

令状はなかった。これでクビになるならそれでよかった。

村田ハツという被害女性と面識はない。しかしもう限界だ。連続アポ電強盗の捜査は何の進展もなく行き詰まっていた。これ以上の犠牲者を出すことはあってはならないし、何よりも成瀬のあのような姿を見たことがなかった。聞くと村田ハツは、警察音楽隊を追いかけていたファンだという。成瀬にとって大事な人だったのだろう。

玄関では西田がじっとこっちを見ている。

その目を見て確信した。

成瀬の言う「勘」をはじめて感じた。

西田は一味だ。成瀬だけがそれを主張し、捜査本部は否定し続けた。自分は正直どちらもありえると思っていたが、成瀬が正しかったのだ。

アポ電グループは相当に用心深いのか、まったく足跡を残さない。唯一綻《ほころ》ぶ部分があるとすればこの男しかない。

「昨日、夜どこにいた？」

「家だよ」

冷静に西田が言った。

坂本は家の中を手当たり次第にひっくり返しはじめた。

「殺しまでやるとは思わなかったよ。お前たちもその予定じゃなかったんだろ？　殺しは捕まるとやばい。お前はマエがあるから相当長いだろうな」

成瀬が乗り移ったかのように、坂本は西田を睨みながら話した。

「前に入ったときは毎日ヤキ入れられてたんだってな。辛いよな、気が弱いやつは。中にいる連中はやらかした犯罪《ネタ》の中身で態度が違ってくるからな。今回も弱い者いじめして入るんだから、相当ヤキ入れられるだろうなあ。オレの知ってるやつは作業中の事故に見せかけて、生爪を剝がされたらしい」

西田は冷静を装ってはいたが、恐ろしさに堪えていることは明らかだった。

坂本はテーブルの上にあった一枚のチラシに気がついた。その瞬間、西田がわずかだが反応したのを見逃さなかった。

「これに何かあるのか？」

手に取った。

《市民のためのミュージックフェスタ》

約一ヵ月後、豊槻文化センターで地元のアイドルグループやクラシックなどの様々なアマチュア楽団のパフォーマンスが行われる音楽イベントであった。

坂本は西田をもう一度見る。

そして押し入れを漁りはじめると、手が止まった。中から大きな黒い箱を取り出す。

楽器ケースのようで中は空だ。坂本は素人だがバイオリンのケースのように感じられた。

「お前がバイオリン弾くとは知らなかったよ」

西田の表情が変わった。

「い、妹のだよ」

「へえ、そうか。バイオリンを弾くようには見えなかったな。本人に聞いてみよう」

「だから妹の友達のだよ。なんか預かってるみたいでさ」

「中身が入っていないのにか？」

突然思い出したように坂本が一枚の写真を取り出した。

「そうか……そうだったのか」

坂本は愕然《がくぜん》とした。

ハツが襲われた現場を見たとき成瀬は気が動転していた。悔しさですぐにでも犯人逮捕に動きたかった。どんな手を使ってでもいい、西田を吐かせればハツを殺した連中を捕まえることができるはずだ。しかし成瀬は西田のところへは行かず、ハツの亡骸《なきがら》が安置されている霊安室に向かった。検視はすでに終わろうとしていて、ハツの家族が集まっていた。息子はちょうど成瀬と同じくらいの年であった。何もできずにいると沢田と広岡がやってきた。ハツの息子が声をかけてきて、沢田が何やら話しはじめた。

「警察の音楽隊の……。よく連れていかれましたよ、演奏会に」

息子が言った。

「そうですか……」

「母は音楽隊に夢中でしたから。もともと吹奏楽が好きというのもあるかもしれませんが、それだけではない気がします。母は戦後もずいぶん苦労したみたいで。でも音楽隊の演奏を聴くと辛いことも忘れられたとよく話してました」

「それは我々も同じです。ハツさんに何度元気をいただいたか……」

「絶対に犯人を捕まえてください」

「……はい。と言いたいところなんですが、我々は音楽隊員です。捜査は刑事部が行っているんです」

沢田は成瀬を見やった。

「悔しいのですが」

「そうですよね。みなさんは刑事さんではないんですものね。失礼しました」

息子が行こうとするのを沢田が呼び止めた。

「あの、じつはお願いがございます」

「何でしょう？」

「音楽隊員でハツさんを送って差し上げたいんです」

沢田の願い事はあっさり叶えられた。

そこから隊員たちに連絡をして、五時間後に集まれる人間がやってくることになった。

安置所の担当者には広岡が話をつけた。たまたま同期がいたので話はすぐに通った。

「お前とは長い付き合いだからな……今回だけだぞ」

「分かってる、恩に着るよ」
ハツの家族が見守る中、総勢二〇名の隊員が安置所に整列した。
目の前ではハツが静かに永遠の眠りについていた。
線香の煙がまるで魂を誘《いざな》うかのように舞い上がってゆく。
沢田が目で合図をすると、春子、国沢ら五名の隊員たちが楽器を掲げた。
そして静かにラヴェルの「亡き王女のためのパヴァーヌ」を奏ではじめた。
沢田がゆっくり前に出て、ハツに向かって直立不動で敬礼をした。
続いて美由紀が前に出て敬礼をした。その目からは大粒の涙が溢れている。
死者へのレクイエムがハツを包み込んでいる。
親族たちも涙で頬を濡らすなか、隊員たちが次々に前に出て敬礼でハツを見送った。
ハツはただのファンではなかった。
音楽隊の一員だったのだ。
やがて成瀬の順番が来た。
前に出てハツの穏やかな顔を見つめ、敬礼をした。
長く苦しく、そして幸せでもあった人生であろう。天国で安らかに眠ってください。

　そう成瀬は伝えた。

　ハツとの別れが終わり、それぞれ悲しみを抱えて、無言のまま隊員たちは建物から去っていった。

　成瀬がロビーにやってくると、壁にもたれていた男の背が振り返った。坂本であった。成瀬を待っていたようだ。

「どうした？」

　坂本の顔がいつもと違った。

「西田が口を割りました」

　坂本がじっと成瀬の顔を見つめる。

　しかしその答えは坂本が予想したものではなかった。

「そうか」

　無表情に成瀬は答えた。事件現場に現れたときの様子とはまるで異なって見えた。

　坂本は続ける。

「一ヵ月後に開催される音楽イベントで、西田はグループのリーダーと接触します」

　そして一枚の写真を取り出して成瀬に見せた。

それは以前、成瀬が捜査本部前の廊下で破り捨てた監視カメラの写真だった。坂本が拾い集めてセロハンテープで復元していたのだ。

「先輩の読み通り、ホシはこの男です」

そしてホシが背負っている黒いものを指さした。

「画像が粗くて分かりにくいですが、これはリュックではありません。バイオリンケースです。西田は奪った金をこのケースに入れて頭に直接手渡すんです」

成瀬の反応はまったくと言っていいほどなかった。

「なぜオレに言う？　捜査本部に報告しろ」

「……先輩、どうしたんですか？　ホシが目の前にいるんですよ！　先輩に先に話すのは協力が必要だからです！」

成瀬は一瞬宙を見やった。

「その日は県民ホールで音楽隊最後の定期演奏会がある。無理だ」

そう言い残し去っていった。

坂本は成瀬の背中を呆然と見やる。

「先輩！　刑事としての誇りを捨てたんですか！」

成瀬は振り返ることなく、そのまま消えてしまった。

かつて軍曹と呼ばれ、ぬるま湯で生きてきた自分をコテンパンに打ちのめし、その一方で鍛え上げた。憎みもし、そして尊敬もした刑事が……。

音楽に魂を抜かれてしまった。

坂本は愕然として、しばらくその場から動けなかった。


それから一ヵ月があっという間に過ぎた。

アポ電強盗主犯との接触日であり、音楽隊最後の定期演奏会の日でもあった。ミュージックフェスタは豊槻文化センターのロビーで開催されていた。ロビーはかなりの広さで、そこには多くの出店や屋台が並び、客で賑わっている。中央にコンサート用の特設ステージが組まれ、二〇席ほどのパイプイスも設置されているが、客の多くはステージを取り囲むように立ち見で楽しんでいた。今はまだカラオケ大会が続いているようだった。

坂本は知らなかったが、この施設は三年ほど前に当時の市長が、市民と文化の融和をうたい巨費を投じて建てたものであった。有名建築家がデザインしたというこの建物は、いわゆる公共施設らしからぬ近代的で複雑な造りをしていて、ロビーは複数の通路から入れるようになっている。そのため捜査員の配置が難しい。デザイン性が高い建築物は、なぜこうも使い勝手が悪いのか。

坂本はその建築家を恨んだ。

今日の準備は念には念を入れて行われた。

勘づかれることを恐れて、捜査員は二五名まで絞った。特設ステージ周りに四名、ステージ前の観客席に四名、各通路およびロビーに九名、エレベーターホールに四名、階段付近に四名と、イベントのPAテントに篠田が待機する指令室が設けられた。篠田以下捜査員たちはイベントスタッフや清掃員に変装して、それぞれの持ち場で待機していた。坂本も最後の確認を篠田と行っている。午前一〇時からはじまったカラオケ大会がようやく終わり、ステージでは五人組のローカルアイドルが歌い始めた。

篠田が無線で指示を出す。

アイドルグループの曲の音量のせいか、いつもより指示の声が大きくなる。

「指揮本部から各班へ。マルタイが現場に向かっている。別命あるまで待機せよ。以上」

「第一班了解」

「第二班了解」

それぞれの班から返事が戻る。

マルタイ。つまり捜査対象者である西田が、バイオリンケースを手にロビーにやってきた。

やがて西田はステージから離れたロビーの端で立ち止まった。壁沿いに休憩用のイスやテーブルが置かれ、そこで子連れや、高齢者たちが多く休んでいる。

西田にいちばん近い位置にいるのは、スキンヘッドで恐ろしく人相の悪い井上で、清掃員に扮《ふん》していた。井上は帽子を深々と被《かぶ》り口の動きが見えないようマスクをしている。

「本部へ。マルタイが位置についた」

篠田は井上の報告を受けるとブースから顔を出して西田を目視した。今日の作戦が失敗に終われば自分の出世はなくなる。篠田は必死であった。

坂本が背を向けた。

「配置につきます」

するとその腕を篠田に掴まれる。

「おい。今回の吸い出し、お前に乗ったけどな」

吸い出しとは囮《おとり》捜査のことだ。

篠田は坂本に囮作戦を提案されたとき、真っ先に却下した。しかし事件が強盗殺人となったことで全国規模で報じられるようになり、これまでの捜査方針ではダメだという上層部判断もあり、打開策を打つよう命令されたのだった。

坂本を摑んだ腕に力が入る。

「坂本、失敗したら覚悟しとけよ。音楽隊なんかじゃすまないからな」

坂本は返事もせずに持ち場についた。

会場全体を見渡せる場所だ。

思った以上に大勢の市民が行き来している。その中で、西田が落ち着かない様子で立っていた。

「落ち着け西田……」

坂本はつい言葉を漏らした。

頭は相当に用心深い人間だ。

西田の緊張に気づけば現れないかもしれない。

そのときであった。四人の男が清掃員に扮した井上の前を横切った。明らかにこの会場には異質な男たちだ。とくに先頭を歩く男はサングラスをかけており、ヤクザ映画によく出てくる俳優に似ていて、井上に勝るとも劣らない凶悪な顔つきをしていた。

その四人が西田に向かってまっすぐに突き進んでいる。

「至急、至急、第五班より指揮本部へ。エントランスよりマルヨウらしき男たち四名、徒歩にてマルタイに向かって進行中」

マルヨウとは容疑者のことだ。

捜査員たちに緊張が走った。

篠田も慎重に返信する。

「了解。監視継続せよ」

坂本が落ち着いた目で四人を確認し、それから西田を見やった。

西田は現場到着時から怯えたような面持ちでいるので表情の変化が読み取りづらい。臆病な男であった。

「チッ」

思わず舌打ちをする。

次第に男たちが西田に近づく。すると女子高生の集団がやってきて西田の姿が彼女たちに埋もれてしまった。イベントの大トリに男性アイドルグループが登場する予定なので、早めに場所取りをしたいのだろう。

「第五班、マルタイが確認できません」

「第一班、同じく確認不能」

西田がまったく見えなくなってしまった。

四人の男が女子高生たちの間を分け入って西田のところへと辿り着いた。

「くそっ！　確保……」

篠田の号令で刑事たちがいっせいに動く。

「まだです！」

坂本が無線に入ってきた。

その瞬間、四人の男は西田の前を通り過ぎ、はしゃぎながらアイスクリームのワゴンに並んだ。

「オレストロベリー。お前は？」

「オレバニラ」

などと盛り上がっているのを近くの刑事が確認した。

「一般客のようです」

「前言撤回、待機待機」

刑事たちがそっと息を吐いた。

今日は長い戦いになりそうであった。

するとどこからともなくマスクをつけたピエロが風船を手に現れ、子供たちに風船を配り始めた。

司会者がステージ上で子供たちに語りかけている。

「よい子のみんな！　ピエロさんが風船をくれますよー。次はピエロさんたちの演奏会が始まるよー」

すると、ステージ前に楽器を抱えたピエロたちが集まってきた。

トランペットが鳴り響き、「ラデツキー行進曲」に合わせてピエロたちが会場を行進し始めたのだ。

「なんだ？」

篠田が顔をしかめる。アイドルのときとは比較にならないほどに生演奏はうるさい。

「次の催し物だそうです」

ピエロに釣られて、会場は親子連れで賑わい始めた。

捜査員たちは一瞬の隙も見せないよう気を引き締めた。

少し前のことだった。

男が会場に入ってきたとき、カラオケ大会が終わってステージにはローカルアイドルが立っていた。やがて会場には聴くに堪えない歌声が響きはじめる。

帽子を深くかぶり杖をついているので、時間をもてあましてイベントにやってきた老人くらいには見えるだろう。三時間ほど前には息子の演奏会も終わり、ここから一〇分ほどの自宅に帰らせたばかりだ。

以前に、このイベントで行われるクラシックの演奏会に息子を参加させたとき、この場所で金の受け渡しをすることを思いついた。特殊詐欺犯がいちばん捕まる可能性があるのは、金の受け渡しを行う瞬間だ。念には念を入れた。普通は何重にも受け子を配置するものだが、自分は違った。グループのリーダー自らが受け取ることで、緊張感を維持することが重要だと思ったのだ。

特殊詐欺自体を思いついたのは比較的最近であった。昔は県内の自動車工場の生産ラインで働いていた。妻に先立たれ、自分も長期の病気で退社を余儀なくされ、途方に暮れた。年齢も年齢だったのでどこにも正社員では雇ってもらえず、いわゆる派遣労働を三年ほど続けた。しかしやはり病気が再発し、収入がなくなってしまったのだ。

亡き妻の願いで息子にバイオリンを習わせていた。生活費を切り詰めてどうにか続けさせていたがついに貯金も底をつき、最初は空き巣を思いついた。計画的にやったら思ったよりうまく行ったので、仲間を集めて範囲を広げた。しかし一度傷害事件に発展し、警察の執拗《しつよう》な捜査に追い込まれ、逮捕される寸前までいったので活動をストップした。

数年後、事態が落ち着いたころアポ電強盗を思いついた。子供が成長して金がさらに必要になってきたのもあった。

アポ電強盗のメンバーは、ＳＮＳの掲示板などを使い入念に集めた。何人か集まると不思議なことに人手には困らなくなった。誰もが金を欲しているのだ。携帯を使ってグループを統率するだけでよかった。

しかし事態は急変した。

あれだけ殺すなと言っておいたのに！　やはり野蛮な連中の頭は空っぽなのだ。殺人事件となれば警察も死ぬ気で捜査するだろう。息子を何年も海外に留学させる金は今回で揃う。だからこれが最後、西田から金を受け取れば終わり。すべては闇の中に消えていくのだ。

しかしもう少し様子を見よう。男はそう思った。念には念をだ。

イスに腰掛けた男の目の前では、西田がケースを片手に突っ立っている。緊張している様子もあるが、この男はいつもそうだ。臆病で頭も悪い。組織を裏切った者は拷問されるなどのデマも信じているし、顔を見るなと言えば素直に見ない。捜査のメスが入るとすればこの男だと思っていたが、今のところはその問題もなさそうだ。捜査本部のリストから外れたという情報も入っている。大丈夫だ。声をかけよう……とそのとき、大音量で演奏がはじまった。

これは「ラデツキー行進曲」だ。

ピエロがあちこちから現れて、演奏をしながら会場を練り歩きはじめた。中には子供に風船を手渡しているピエロもいる。この演奏が終わったら西田に接触をすることにしよう。手にしていた携帯で息子にラインをする。昼ごはんにサンドイッチを用意していたのだが、ちゃんと食べられたか心配だった。

食べたよ。

すぐに返信があった。

ピエロたちの様子がおかしいことに気づいたのはそのときだった。行進がゆるやかに西田のほうへ向かっているのだ。

西田の背後には自分がいる。

しかし下手に動くこともできない。たまたま決められたルートの可能性もある。

一方、篠田ら捜査員もピエロたちの軌道に違和感を感じていた。

「ピエロたちがマルタイに向かって進行中。どうしますか？」

「待機だ。下手に動くな」

ピエロたちがどんどん西田に近づいた。

勘の鈍い西田も、ピエロが目前まで近づいてきたときおかしいと思った。

何だこいつらは？

西田の緊張は極点に達して気がおかしくなりそうだった。

ピエロたちは西田の目前まで行進してくると、次第に大きな円を描きながら西田を包囲するような形をとりはじめた。

「な、なんだよ……」

西田が怯える。

篠田の我慢もこれが限界であった。ピエロたちは演奏しながら西田を円で囲んでいる。この作戦を提案した坂本を見やるが、とくに焦った様子はなかった。

明日にでも飛ばしてやる。

篠田はそう思いながら無線に指示を出した。

「総員、マルタイを確保！」

捜査員たちがいっせいに動いたとき、ピエロたちは西田を円形で包囲し終えていた。正確には、西田と、その背後に座っている男をである。

ドラムを抱えているピエロが西田の前に歩み出て、ピエロのマスクをとった。

その顔を、西田は忘れることはなかった。

「なんであんたが……」

マスクを取った成瀬がじっと自分を見つめている。

ほかのピエロたちもマスクをとった。

北村や国沢たち音楽隊の面々であった。

「成瀬！　貴様！　こんなところで何をやっている！」

篠田が割り込んできた。

もう許せない。

捜査妨害でクビにしてやる。

「すべてオレの計画です。責任は取ります」

坂本が西田の前に出てきた。

当の西田は、何が何だか分からずにただ怯えている。

「何だよこれ……もう勘弁してくれよ」

成瀬はゆっくりと視線を、西田の背後にやった。

どんなに変装をしていてもごまかされない。一度は目の前まで追い詰めたのだ。

「ホシは、この男だ」

成瀬は男を指さした。

西田はゆっくりと自分の背後を振り返った。

全身から汗が噴き出る。

警察よりも恐ろしい存在で、その目すら見たことはない。

裏切り者は殺す。

言葉にしなくてもその目は語っていた。噂では西田が入る前の受け子は、グループを裏切って拷問されたという。

「ち、違う、オレじゃないんです……オレじゃ……」

プレッシャーに耐えられなくなった西田が、その場に崩れて泣き出した。

「現場捜査員、確保お願いします」

坂本が言った。

逮捕状は井上が持っていたが、この状況に呆然としていた。

「井上さん!」

「お、おお……」

井上が男の前に立った。男は座っていたイスに杖を立てかけ、自力で立ち上がると両手を前に出した。どうやら観念したようだ。

ついに終わる。

成瀬はそんな思いで逮捕の瞬間を見ていた。

井上はポケットから折り畳んであった逮捕状を取り出して読み上げた。

「殺人容疑で逮捕する」

逮捕時間を告知し、手錠を取り出してかけようとした瞬間、男が身を翻して素早く杖を取り、井上の顔面を強打した。

皮膚が裂けたようで、井上の顔面から血が噴き出す。

「確保しろ!」

篠田の声は観客の悲鳴にかき消されてしまった。

男は次に目の前にいた坂本に襲いかかった。坂本は男に組みつこうとして、同じように頭部を叩かれて倒れた。

男は何かに取り憑《つ》かれたように暴れた。ここで捕まるわけにはいかない。家では息子が待っているのだ。必ず帰らねばならない。

成瀬は坂本がやられてすぐに反応した。大きなバスドラムを抱えたまま突進する。男は、座っていた金属製のイスを手にして成瀬に叩きつけた。成瀬が身を翻すと、イスがドラムに当たった。

オレのドラムが……！

名前こそ付けていないものの、いまやドラムは成瀬にとって子供も同然の存在であった。

再び男がイスを振り下ろしてきたとき、成瀬は背中でドラムを庇《かば》い、金属製のイスが背中にめり込んだ。

苦痛で顔が歪み、成瀬はその場に膝をついた。ドラムだけは守りたかった。

「ま、待て、これは待て！」

ドラムを庇ったままの成瀬の後頭部に、男がもう一度イスを振り下ろした。

「……！」

成瀬は頭を押さえて倒れた。

その場を走り出した男は、手負いの獣のように次々に向かってくる捜査員たちをなぎ倒した。

「武器を所持！　武器を所持！」

篠田が無線に叫んでいる。

会場はパニックに包まれ悲鳴が響いた。

「指揮本部より！　外周組も応援にまわれ！　そのほかは客を退避させろ！」

転倒する客や、出口に殺到する客を落ち着かせようと捜査員たちが対応に追われた。

音楽隊の面々も、客の誘導にまわった。

成瀬が顔を上げたとき、男の姿が消えていた。客の中に紛れ込んだようだ。

「くそ……」

成瀬は立ち上がり、ドラムを外した。

同じだ。

あのときと同じように、逃がしてしまうのか。

そのころ、男は出口に向かう人混みに紛れて、建物の外へ出たところだった。

多くの人間が集まる場所にしてよかったと思った。現に背後ではパニック状態の大勢の市民が中から吐き出されてくる。

まだ新しいこの文化センターは近代的デザインと銘打っているだけあって複雑で、通路や出入り口も多かった。かなりの数の警察官を配置しなければ全面封鎖は難しい。それに、音楽は人の心を浮《うわ》つかせて高揚させる。興奮した人間がパニックになれば、落ち着かせるにはかなりの時間が必要だ。

男は音楽が好きだった。なのでその特性を活かすことができたのだ。

しかし、まさかあの男が現れるとは……。

男が空き巣を繰り返していたとき執拗に追ってきたのがあの刑事だ。一度、捕まる寸前のところまで追い詰められたが、なんとか逃げおおせ、そのときを最後に空き巣から足を洗ったのだった。

あれ以来、あの刑事のことなど思い出すこともなかった。

それにしてもなぜ、あの刑事がドラムを抱えていたのか。どう見ても音楽、ましてや楽器なぞとは無縁の人間に思えた。しかも見ている限りではフリではなく本当に叩いていた。ほかのピエロたちも警察官なのだろうか。

まあいい、文化センターの敷地からもう少しで出られる。

そのとき、背中に大きな衝撃を受けた。

男は前のめりに大きく倒れこみ、顎を地面にぶつけた。地面に這いつくばりながら振り返ると、成瀬が立っていた。

「逃げられると思うな」

そう言いながらも成瀬の後頭部からは血が流れており、意識が朦朧《もうろう》として足元もおぼつかない様子である。

「そんな体で捕まえられるのか?」

男の口元が歪んだ。

男は誘導用のロープがかけられた鉄のポールを持ちあげて成瀬に投げつけた。よけきれず成瀬が倒れる。

刑事だったころなら、こんなことにはならなかった……。

倒れながら考えた。

目の前では男が再びポールを頭上に掲げている。トドメをさすつもりなのか。

音楽に出会ってからというもの、犯罪や暴力とは程遠い関係にあった。常に危険に接していないと暴力への嗅覚がこうも衰えるのか……。犯罪と遠く離れていたせいで油断が生じたのだ。

また、逃がしてしまうのか……。

成瀬が覚悟したそのとき、体の横を誰かがすり抜けて男にタックルをした。

男に必死にしがみつく者がいる。しがみついているのはピエロの衣装を着た男。

それは北村だった。

「絶対逃がさないぞ！」

男は腰元にしがみついている北村の背中を何度も肘で叩き、顔を膝で蹴り上げた。

北村の鼻から真っ赤な鼻血が噴き出す。

それでも北村は男から離れない。

「今度は絶対逃がさない！」

北村は再び叫んだ。

刑事になる夢が潰《つい》えた日が、北村の脳裏を掠《かす》めた。

成瀬は北村を助けたかったが、体が動かない。

するとさらに二人のピエロが走ってきた。国沢と広岡だ。三人のピエロに組みつかれて男はようやく倒れ込んだ。

もう逃げられない。

男の脳裏を家で待つ息子がよぎった。

「確保！　確保ーッ！」

北村が大空に向かって叫んだ。

成瀬はぼんやりとした目で、叫ぶ北村を見やった。

オレはもう刑事じゃない。

いや、刑事である必要もない。

成瀬はそう思うと、北村に向かって微笑んだ。

北村も微笑み返す。

そこへようやく刑事たちがやってきた。

その背後から、春子ら後方支援にまわっていたピエロたちもやってきた。処分を恐れず自らの意志で作戦に参加した者たちだ。

血まみれの坂本を篠田が支えながらやってくる。

「課長、逮捕です」

呆然としていた篠田を坂本が促した。

「ああ、そうだったな……」

篠田は前に出ると手錠を取り出し、隣でなんとか上体を起こしてこちらを見ている成瀬を見やった。成瀬が頷くと、篠田は男にしがみついている北村に手錠を握らせた。

北村は受け取ると、腕時計を見た。

「一二時二五分、逮捕！」

そして男の腕に手錠をかけた。

「立て！」

男は刑事たちに両脇を抱えられて連れていかれた。

パトカーや救急車が次々に到着している。

その時、道路のほうからクラクションが鳴り響いた。

振り返ると音楽隊のバスが停車し、沢田が運転席から顔を出していた。

「みなさん！　まだ間に合います！」

まだ時間はあった。

二時開演だ。

警察音楽隊最後の定期演奏会に向かうのだ。

成瀬たちは顔を見合わせた。皆、鼻血やら汗やらでドロドロになっている。

「成瀬さん、大丈夫ですか？」

北村がその場で応急手当てを受けている成瀬に言った。

「ああ、何てことない。昔はこんなもの日常茶飯事だ。それより」

「はい？」

「よくやった」

北村の顔から見たこともない笑みが溢れる。

「はい」

それからは大騒ぎだった。

出番まで約一時間半。文化センターから県民ホールまでは車で約一時間。隊員たちはバスの周りに集まり、急いで楽器を運び込み、鼻血や汗をふいて制服に着替えた。

成瀬は応急手当てを受けた後、病院への搬送を拒んで定期演奏会に向かうことにした。

ようやくピエロの衣装から制服に着替え終わると、背後に坂本が立っていた。

坂本も頭に包帯を巻いている。

「おう」

「先輩、さすがでしたね……オレたちは何やってたんだか。情けない」

「いや、お前たちはきっちり仕事したよ」

「先輩……オレ、オレ、オレ……」

坂本の様子がおかしい。

成瀬はじっと坂本を見つめる。

「投書したのオレなんです……先輩を売ったのオレなんです」

坂本が成瀬にすがりついて泣いた。

あの日。坂本は食堂で二つの野球部の密着番組を見たときに告発を心に決めた。理由は自分でもよく分からなかったが、テレビモニターの中で動き回る高校生たちの姿を見たとき、心が動いた。坂本は成瀬を尊敬しきっていたが、いつしか変わってしまった成瀬を見ていられなかった。誰よりも目標にしていた男が堕《お》ちていくのを止めるため……告発文を送った。

坂本の体が立っていられないほどに震えている。

「ごめんなさい……ごめんなさい……」

そうか、そうだったのか。

成瀬はしばらく静かに坂本を見下ろしていたが、やがて微笑んだ。

「お前は何も間違ったことはしていない」

事実、成瀬はそう考えていた。

刑事のころの自分は、今考えるとひどい警察官であった。チームワークを重んじず、若手を上から押さえつけた。

しかし今は違う。

変わることができたのだ。

音楽のおかげで。

「坂本、セッションって知ってるか?」

坂本が顔を上げる。

何のことを言っているのかさっぱり分からなかった。

「オレは音楽隊で、お前は刑事だ。でも同じ警察官だ。それでいいじゃないか」

ちょうど背後では音楽隊員たちの出発準備が整った。

「後輩、出発だ!」

広岡が声をかけてきた。

「じゃあな」

坂本の肩を軽く叩いて、成瀬はバスに乗った。

開演まであと一時間。

間に合う。

予定であった……。

バスが出発して一〇分。駅前の商店街からまっすぐに延びるこの道は、いつも通りの渋滞が起こっていた。

「もうダメだなこりゃ」

広岡が言うと、皆肩を落とした。

「みんな、すまん……」

成瀬は責任を感じていた。

ハツを送るためのラヴェルの「亡き王女のためのパヴァーヌ」を演奏した日、坂本の応援要請を一度は断った。しかしその後、再び坂本が訪ねてきたのだ。

自分ひとりの判断で、刑事部には言わないつもりだと言う。

警察組織ではあってはならないことで、処分は免れない。

「協力はできない」

音楽隊を巻き込みたくはない。

そう言った成瀬に坂本はなお食い下がった。

「これ以上、ハツさんみたいな被害者を出していいんですか？」

その言葉が決め手となり、成瀬は覚悟を決めた。

「みんなに力を貸してほしいことがある」

成瀬は沢田をはじめ、主だった隊員たちに率直に話をした。

おそらく処分は免れない。

それに……、

「定期演奏会の日ですか……」

沢田は呻いた。

「やりましょうよ」

そう言ったのは春子だった。

「私たちは音楽隊である前に警察官です」

すると北村も続いた。北村は捜査に参加できるチャンスだと思ったのだ。

こうして音楽隊は囮捜査に参加し、そして今渋滞にはまっているのだった。

「やりましょう！」

「成瀬さんが悪いわけじゃない。みんなで決めたことだ」

北村が言った。

成瀬がバスの時計を見ると、一三時二二分と表示されている。

沢田ががっくりと首を垂れた。

「万事休すか……」

そのとき、聞き覚えのある音が聞こえてきた。

「ん？」

最初に気づいたのは国沢だった。普段自分も鳴らしているからか、音に敏感に反応し振り返った。

「おい！」

確かにサイレンの音が近づいてきている。

バスの後方を皆が振り返る。

やがて一台の覆面パトカーが姿を現して、バスの横に停車した。

「先輩！」

車から顔を出したのは坂本だった。

成瀬が窓を開ける。

「坂本？」

「ついてきてください！」

緊急配備はされていない。

犯人はつい先ほど逮捕されたのだ。

「キンパイじゃないのに、いいのか？」

「ルールで許れない緊急事態だってあるんですよ」

「……そうだったな」

「音楽は必要なものです。届けてください」

成瀬が微笑んだ。

「よし！　パトカーの後をついていこう！」

メンバーの「オー」という歓声とともに、バスはパトカーの後ろについて動きはじめた。次々に車がよけて、バスは悠々と走っていく。

やがて渋滞から抜けたとき、坂本は静かに車を停めてバスを見送った。

なぜ成瀬を告発したのか？

もう一度自分の心を探った。

そして今気づいたことがあった。

成瀬を告発したのではない、自分を告発したのだ、と。

警察には建前的なルールも多く、その陰で犯罪は容赦無く罪なき者たちを打ちのめしている。ルールと現実の狭間《はざま》で、自分は何もできずにただ傍観していた。そしてそのやり場のない気持ちを、ルールをものともしない成瀬にぶつけたのだ。

その成瀬が乗るバスは見えなくなっていた。

「先輩、最高の演奏をしてください」

坂本はそう呟いて、車を引き返させた。

県民ホールでは客入れがはじまっており、すでに大勢の客が座席に座っている。その中に法子と幸子の姿もあった。二人は法子が選んだペアルックのTシャツを着ている。

「こっちこっち！」

法子が幸子を席に座らせ、後ろに向かって手を振っている。法子のバンドメンバーの男子二人とスタジオの白井だ。

法子たちは会場中央あたりの座席に陣どった。

「この席すごいよく見える。よかったねおばあちゃん」

法子の言葉に幸子は反応を示さず、ただ正面を見つめていた。

「もうすぐお父さん出てくるからね」

「……よ」

幸子が何か言ったが、法子は聞き取れなかった。

「え、おばあちゃん何か言った？」

「……大丈夫、お前なら……」

返事はない。幸子はじっとステージのほうを見つめている。

「え？　何て？」

「ま、いっか」

法子が諦めると、バンドメンバーが二人の背後に座った。

「法子さ」

「何？」

「なんかオレらのほうが緊張するんだけど」

「やめてよ。私まで緊張するでしょ」

後ろのほうでは蓮の手を引きながら、春子の母が会場に入ってきた。

「どこかなー。あ、もう少し前だ。蓮おいで」

そして法子たちの席より二ブロックほど前の席に座った。

「お母さんまだかなー。楽しみだねー」

「うん！」

蓮は最近買ってもらった子供用のおもちゃのラッパを手に持っていた。ミニカーには飽きたようで、母に影響されてか楽器を吹きたいと言い出したのだ。もう少し大きくなったら教えてもいいかな、と春子は母と話していた。

「蓮もいつかこういう場所でラッパ吹きたい？」

「うん！」

　蓮は元気いっぱいに答えた。

　そしていちばん前の席には、ハツとその夫の写真がポツンと置かれている。音楽隊の最後の演奏を見てもらおうと置かれたものだ。

「ごきげんよう」

　写真の中のハツがそう言っているように見える。

　客席が次第に埋まってゆく。しかし、この音楽隊の演奏が今日で最後だということは客席の誰も知らない。

　そのころ、会場に入る扉のあたりで、場違いな雰囲気の男が携帯で話をしていた。五十嵐県警本部長である。その背後には二名ほどの部下が立っている。

「分かった。とにかく演奏会が終わったら直接話を聞く。そうだ。奴らは終わりだ。勝手なことをしおって」

　と携帯を切る。

「どうでしたか？」

「どうもこうもあるか。ホシは逮捕されたからいいようなものの、成瀬と音楽隊の勝手な行動は許さん」

五十嵐はそう言って会場に入った。

今日は知事も来賓で来ており、五十嵐は警察音楽隊をなくすことを提言しようとしていた。警察庁に提言する前に自治体の賛同が欲しかったのだ。知事は音楽隊を快よく思っていなかったし、警察庁も予算削減の具体案として取り上げてくれるはずだ。そうすればそれが功績として認められ、東京に戻れるかもしれない。

そもそも成瀬も、音楽隊も不愉快でしかない。

そんなことを考えながら五十嵐は自分の席についた。

「ご無沙汰しております」

隣を見て驚いた。

杉田警視正が座っている。ライバルとまで言われたかつての天敵だ。

「何で君が？」

「じつは昔ちょっと音楽をかじってたころがありましてね。ただの興味本位ですよ」

「…………」

何か企《たくら》んでいるのではないかと疑っていると、右隣では知事が携帯電話をのめり込むように見ている。

「知事。ご無沙汰しております。いやあ、まもなく開演ですな」

五十嵐は軽い挨拶をして、本題に入ろうとした。

「じつは知事に大変重要なお話がございまして」

「ほう」

知事は携帯を見ながら言った。

「警察音楽隊なんですが……」

杉田がちらりと見た。廃止の噂は聞いていた。

すると知事が五十嵐の話を遮った。

「素晴らしいじゃないか！」

「はい？」

「五十嵐くん、これすごいよ」

知事が五十嵐に携帯の画面を見せる。

ＳＮＳで、つい先ほど文化センターで行われた大捕物の様子が流れていた。客が撮った映像だった。

「すごいだろう」

五十嵐がその映像を見る。

ピエロたちが演奏しながら犯人たちを囲んでいく。

さらにはピエロの格好をした北村、国沢、広岡が犯人にタックルをして逮捕する瞬間までもが撮られていた。

画像の下には次々とコメントが寄せられている。

かっけえー
アポ電犯逮捕！

このピエロ警察音楽隊の人なんだって！

警察音楽隊最高！

ピエロすげー！

ハリウッド映画みたい！

知事は満足そうにコメントを読んでいく。

「こういうのをバズるって言うんだろう。すごいじゃないか」

「ありがとうございます……」

「全国ネットのニュースにもなって、トレンド一位らしいぞ」

五十嵐は全国のニュースになっていることは知らなかった。しかし関係ないことだ。

「じつはですね、音楽隊の……」

するとと横から杉田が割り込んでくる。

「霞が関の連中も見ているんですね」

不機嫌に杉田を振り返る五十嵐。

「何だと？」

「我が音楽隊の快挙のニュースですよ。全国的な話題ですからね。当然、警察庁のお偉方も見ている」

そうか。確かにそうだ。

五十嵐は瞬時に頭を働かせた。自分が飛ばしたこの杉田の真意は分からないが、言っていることは正しい。

「で、重要な話というのは？」

知事が聞いてきた。

「いえ、何でもございません」

「演奏が終わったらぜひ彼らと写真を撮りたいね」

知事が音楽隊の件を、自分のアピールのために使おうとしているのが分かった。

自分を差し置いては許さない。

「もちろん。みんなで撮りましょう。警察音楽隊は市民とのかけ橋であり、市民を守るためにもおります。犯人逮捕は当然のことでございます」

何事も意識の切り替えが大事である。

それも五十嵐が警察官僚としての長い経験の中で培ったことだった。

明日にでも霞が関に連絡してみるか。

「さあ、音楽隊の勇姿を見ましょう」

五十嵐は満面の笑みで正面を向いた。

いつも無表情な杉田の口の端が持ち上がった。微笑んでいるつもりらしい。

春子に勧誘されたとき杉田は気づいた。自分はやはり音楽を愛しているようだと。

腕には自信があった。本当はまだ毎日のようにサックスを吹いている。自分が入隊してまとめれば、警視庁音楽隊とだっていい勝負ができるはずだ……。

音楽隊に残りの警察人生を費やすのも悪くない。

杉田はそう思った。

同じころ、県民ホールの控室の隣のトイレでは、白い制服を身にまとった成瀬が鏡を見つめていた。

殴られた傷の血は止まっており、成瀬は演奏のことを考えていた。

刑事であった自分が警察音楽隊の一員となり、こうして定期演奏会を迎えることになった。

この大きな人生の転換は、自分が生きてきた意味を振り返るということでもあった。刑事のときは、変わりゆく警察組織にいつもイラついていた。犯罪者はルールを守ってくれないのに、警察のルール設定は日々厳しくなっていった。もはや時代の変化に順応できる年齢でもなく、自分は変わり果て、そして告発をされた。

異動辞令がくだり、あれだけ拒絶をし、意味がないものだと考えていた音楽に今は取り憑かれていた。刑事時代はいつも、どうやれば犯人を逮捕することができるのかを考えていたが、今はどうしたら演奏が上手になるのか、どうしたらいい演奏ができるのか、そればかりを考えている。

犯罪を犯した者たちと関わってきて、成瀬はひとつの持論を有していた。

それは、人間は決して変わることがない、ということであった。一度犯罪を犯した者は、また同じ犯罪を繰り返す。

しかしそれは間違っていた。現に自分は変わった。突然の人生の変換期を、ひょんなことから乗り越えたのだ。

ある意味ひとつの結果として、今日のステージがある。

「よし、大丈夫だ」

成瀬は鏡に向かってつぶやいた。

その腕には法子にもらったパトカーの時計があった。法子に踏まれてバラバラになった時計を、修理したのだ。

「うまくやれる。間違えたら娘に笑われるぞ」

鏡の中の自分に言い聞かせる。

一度も家庭を顧みたことがなかった。

それが音楽を通して娘と交流ができるようになった。

すべてはいい方向に変わる。

自分の人生も、今日のドラムの演奏も。

そう信じるのだ。

ふとズボンのポケットに差していたスティックを取り出し、鏡の前のシンクを軽く叩きはじめた。

そうだ、このリズムだ。

そしてプラスチックの石鹸《せっけん》入れ、金属製のペーパータオルボックスを叩いて、体の中の音の流れをチェックする。

「よしっ！」

万全だ。

成瀬はもう一度「よし！」と口に出して廊下に飛び出た。

クスクスと笑い声が背後からした。

振り返ると隣の控室から出てきた春子が立っていた。

「あ……」

成瀬の顔が途端に赤くなった。

「気合い十分ですね」

成瀬は何事もなかったかのように振る舞おうとした。

「いたのか」

「はい」

春子が笑った。

「今日が先輩との最後のセッションですね」

「……そうか」

春子はこの定期演奏会を最後に警察音楽隊をやめることになっていた。不思議なことにいちばん多く行動をともにしてきたせいか、春子がいなくなるというイメージができなかった。

その音楽隊もなくなるのだ。

「私……」

春子が何かを言い淀んだ。

「私、本当は全部やりたかったんです」

春子が言った。

全部とは、交通課の仕事と、好きな音楽と、子育てのことだ。

成瀬は春子と会うまで子育てをしながら仕事をする警察官の気持ちなぞ考えたこともなかった。警察において刑事だけが重労働であり、男の仕事であり、最も重要な仕事だと考えていた。

そのせいで家族とギクシャクして別れることになったのだ。

「私、死ぬほど考えたんです。でも、やっぱり蓮に寂しい思いをさせたくないし。蓮がいちばん大切だって気づいて」

そう言うと、目に涙がかすかに浮かんだ。

次の瞬間、春子が微笑んだ。

涙は出なかった。気持ちは前を向いている。

「先輩、いつかまたセッションしましょうね」

音楽隊の練習場を初めて訪ねた日から、春子とはぶつかってきた。

そしてあのセッションの夜、音楽の楽しさを教わった。

それは、今では成瀬にとって何よりも重要なものとなっている。

成瀬は自分が春子にどのような気持ちを持っているのかを判断できずにいたが、大切な人であることは間違いなかった。

「さ、最後のステージ、行きましょう」

歩き出した春子に呼びかけた。

「君が教えてくれたんだ」

「はい？」

春子が振り返った。

「音楽は……どこでもやれる。そう君が教えてくれた」

春子が微笑んだ。

「ですね」

そのとき、控室の扉が開いて隊員たちが楽器を手にぞろぞろと出てきた。

「後輩！」

広岡が興奮している。

「やったぞ！」

「どうしたんですか？」

隊員たちも異様に興奮していた。

いつもはクールな北村が声を張り上げる。

「隊長！　早く教えてあげてくださいよ」

沢田が前に出る。

「たった今、客席にいる五十嵐本部長からメモが届いた」

そしてメモを取り出して読んだ。

「音楽隊廃止の件は白紙とする。本日の演奏、健闘を祈る」

「嘘だろ……」

「やった！」

春子が真っ先に叫び声をあげた。

成瀬は文字通り、隊員たちと抱き合いながら飛び跳ねた。

「作戦決行の時間です」

沢田が言った。

ステージの一曲目は決まっていた。隊全体の一致した意見だった。

ハツが戦後の街中で聴いたというグレン・ミラーの「イン・ザ・ムード」だ。

「行きましょうか」

「はい！」

窓から差し込む太陽が真っ白な制服をいっそう輝かせ、楽器は光を放っているかのように見えた。

沢田が手を掲げると、全員が敬礼した。

「出動！」

掛け声と同時に、音楽隊がステージに向かって歩き出した。

「大丈夫だ」

成瀬はひとり呟くと、みんなを追いかけた。

おわり

文庫書下ろし作品です。

|著者|内田英治　リオデジャネイロ生まれ。週刊プレイボーイ記者を経て映画監督となる。2017年伊藤沙莉主演の映画「獣道」が多くの海外映画祭にて上映された。オリジナル脚本にこだわり、海外展開を視野に置いた映画作りを行っている。2019年にはNetflix「全裸監督」の脚本・監督を担当して大きな注目を集める。監督・脚本を務めた映画「ミッドナイトスワン」は日本アカデミー賞最優秀作品賞を受賞。同名の小説『ミッドナイトスワン』（文春文庫）の執筆も自ら手掛けた。最新作「異動辞令は音楽隊！」は2022年夏公開。

異動辞令《いどうじれい》は音楽隊《おんがくたい》！
内田英治《うちだえいじ》

2022年6月15日第1刷発行

発行者――鈴木章一
発行所――株式会社　講談社
東京都文京区音羽2-12-21　〒112-8001
電話　出版　(03)　5395-3510
　　　販売　(03)　5395-5817
　　　業務　(03)　5395-3615

Printed in Japan

講談社文庫
定価はカバーに
表示してあります

KODANSHA

デザイン―菊地信義
本文データ制作―講談社デジタル製作
印刷―――大日本印刷株式会社
製本―――大日本印刷株式会社

ISBN978-4-06-528275-5

講談社文庫刊行の辞

二十一世紀の到来を目睫に望みながら、われわれはいま、人類史上かつて例を見ない巨大な転換期をむかえようとしている。

世界も、日本も、激動の予兆に対する期待とおののきを内に蔵して、未知の時代に歩み入ろうとしている。このときにあたり、創業の人野間清治の「ナショナル・エデュケイター」への志を現代に甦らせようと意図して、われわれはここに古今の文芸作品はいうまでもなく、ひろく人文・社会・自然の諸科学から東西の名著を網羅する、新しい綜合文庫の発刊を決意した。

激動の転換期はまた断絶の時代である。われわれは戦後二十五年間の出版文化のありかたへの深い反省をこめて、この断絶の時代にあえて人間的な持続を求めようとする。いたずらに浮薄な商業主義のあだ花を追い求めることなく、長期にわたって良書に生命をあたえようとつとめるところにしか、今後の出版文化の真の繁栄はあり得ないと信じるからである。

同時にわれわれはこの綜合文庫の刊行を通じて、人文・社会・自然の諸科学が、結局人間の学にほかならないことを立証しようと願っている。かつて知識とは、「汝自身を知る」ことにつきていた。現代社会の瑣末な情報の氾濫のなかから、力強い知識の源泉を掘り起し、技術文明のただなかに、生きた人間の姿を復活させること。それこそわれわれの切なる希求である。

われわれは権威に盲従せず、俗流に媚びることなく、渾然一体となって日本の「草の根」をかたちづくる若く新しい世代の人々に、心をこめてこの新しい綜合文庫をおくり届けたい。それは知識の泉であるとともに感受性のふるさとであり、もっとも有機的に組織され、社会に開かれた万人のための大学をめざしている。大方の支援と協力を衷心より切望してやまない。

一九七一年七月

野間省一

講談社文芸文庫

藤澤清造　西村賢太 編・校訂

狼の吐息／愛憎一念

藤澤清造　負の小説集

解説・年譜＝西村賢太

978-4-06-516677-2　ふN1

貧苦と怨嗟を戯作精神で彩った作品群から歿後弟子・西村賢太が精選し、校訂を施す。新発見原稿を併せ、不屈を貫いた私小説家の〝負〟の意地の真髄を照射する。

藤澤清造　西村賢太 編

根津権現前より

藤澤清造随筆集

解説＝六角精児　年譜＝西村賢太

978-4-06-528090-4　ふN2

「歿後弟子」は、師の人生をなぞるかのようなその死の直前まで諸雑誌にあたり、編集・配列に意を用いていた。時空を超えた「魂の感応」の産物こそが本書である。

講談社文庫　目録

講談社文庫　目録

あさのあつこ 〈さいとう市立さいとう高校野球部〉甲子園でエースしちゃいました
あさのあつこ おれが先輩？〈さいとう市立さいとう高校野球部〉
阿部夏丸 泣けない魚たち
朝倉かすみ 肝、焼ける
朝倉かすみ 好かれようとしない
朝倉かすみ ともしびマーケット
朝倉かすみ 感応連鎖
朝倉かすみ たそがれどきに見つけたもの
朝比奈あすか 憂鬱なハスビーン
朝比奈あすか あの子が欲しい
天野作市 気高き昼寝
天野作市 みんなの旅行
青柳碧人 浜村渚の計算ノート
青柳碧人 浜村渚の計算ノート 2さつめ〈ふしぎの国の期末テスト〉
青柳碧人 浜村渚の計算ノート 3さつめ〈水色コンパスと恋する幾何学〉
青柳碧人 浜村渚の計算ノート 3と$\frac{1}{2}$さつめ〈ふえるま島の最終定理〉
青柳碧人 浜村渚の計算ノート 4さつめ〈方程式は歌声に乗って〉
青柳碧人 浜村渚の計算ノート 5さつめ〈鳴くよウグイス、平面上〉
青柳碧人 浜村渚の計算ノート 6さつめ〈パピルスよ、永遠に〉
青柳碧人 浜村渚の計算ノート 7さつめ〈悪魔とポタージュスープ〉
青柳碧人 浜村渚の計算ノート 8さつめ〈虚数じかけの夏みかん〉
青柳碧人 浜村渚の計算ノート 8と2分の1さつめ〈つるかめ家の一族〉
青柳碧人 浜村渚の計算ノート 9さつめ〈恋人たちの必勝法《マーチンゲール》〉
青柳碧人 霊視刑事夕雨子《ゆうこ》1〈誰かがそこにいる〉
青柳碧人 霊視刑事夕雨子2〈雨空の鎮魂歌《レクイエム》〉
朝井まかて 花《はな》競《くら》べ〈向嶋なずな屋繁盛記〉
朝井まかて ちゃんちゃら
朝井まかて すかたん
朝井まかて ぬけまいる
朝井まかて 恋歌
朝井まかて 阿《お》蘭《らん》陀《だ》西《さい》鶴《かく》
朝井まかて 藪医《やぶい》 ふらここ堂
朝井まかて 福袋
朝井まかて 草々不一
歩《あゆみ》りえこ ブラを捨て旅に出よう〈貧乏乙女《ぜろか》の"世界一周"旅行記〉
安藤祐介 営業零課接待班
安藤祐介 被取締役《とりしまられやく》新入社員
安藤祐介 おい！山田〈大翔製菓広報宣伝部〉
安藤祐介 宝くじが当たったら
安藤祐介 一〇〇〇ヘクトパスカル
安藤祐介 テノヒラ幕府株式会社
安藤祐介 本のエンドロール
青木理 絞首刑
麻見和史 石の繭〈警視庁殺人分析班〉
麻見和史 蟻《あり》の階段〈警視庁殺人分析班〉
麻見和史 水晶の鼓動〈警視庁殺人分析班〉
麻見和史 虚空の糸〈警視庁殺人分析班〉
麻見和史 聖者の凶数〈警視庁殺人分析班〉
麻見和史 女神の骨格〈警視庁殺人分析班〉
麻見和史 蝶の力学〈警視庁殺人分析班〉
麻見和史 雨色の仔羊〈警視庁殺人分析班〉
麻見和史 奈落の偶像〈警視庁殺人分析班〉
麻見和史 鷹《たか》の砦《とりで》〈警視庁殺人分析班〉
麻見和史 凪《なぎ》の残響〈警視庁殺人分析班〉
麻見和史 天空の鏡〈警視庁殺人分析班〉
麻見和史 深紅の断片〈警防課救命チーム〉
麻見和史 邪神の天秤〈警視庁公安分析班〉

講談社文庫　目録

麻見和史　偽神の審判〈警視庁公安分析班〉
有川　浩　三匹のおっさん
有川　浩　三匹のおっさん ふたたび
有川　浩　ヒア・カムズ・ザ・サン
有川　浩　旅猫リポート
有川ひろ　アンマーとぼくら
有川ひろ ほか　ニャンニャンにゃんそろじー
荒崎一海　門前仲町〈九頭竜覚山 浮世綴㈠〉
荒崎一海　蓬萊橋雨景〈九頭竜覚山 浮世綴㈡〉
荒崎一海　寺町哀感〈九頭竜覚山 浮世綴㈢〉
荒崎一海　小《お》名《な》木《き》川《がわ》〈九頭竜覚山 浮世綴㈣〉
荒崎一海　一色町雪花〈九頭竜覚山 浮世綴㈤〉
朱野帰子《かえるこ》　駅物語
朱野帰子　対岸の家事
東　浩紀　一般意志2・0〈ルソー、フロイト、グーグル〉
朝倉宏景　白球アフロ
朝倉宏景　野球部ひとり
朝倉宏景　つよく結べ、ポニーテール
朝倉宏景　あめつちのうた

朝井リョウ　スペードの3
朝井リョウ　世にも奇妙な君物語
有沢ゆう希 末次由紀 原作　〈小説〉ちはやふる 上の句
有沢ゆう希 末次由紀 原作　〈小説〉ちはやふる 下の句
有沢ゆう希 末次由紀 原作　〈小説〉ちはやふる 結び
有沢ゆう希　小説 パーフェクトワールド〈君といる奇跡〉
有沢ゆう希 原作：金田一蓮十郎 脚本：徳永友一　小説 ライアー×ライアー
秋川滝美　幸《こう》腹《ふく》な百貨店
秋川滝美　幸腹な百貨店〈デパ地下おにぎり騒動〉
秋川滝美　幸腹な百貨店〈催事場で蕎麦屋呑み〉
秋川滝美　マチのお気楽料理教室
赤神　諒　神遊の城
赤神　諒　大友二階崩れ
赤神　諒　大友落月記
赤神　諒　酔象の流儀 朝倉盛衰記
赤神　諒　空《うつせ》貝《がい》〈村上水軍の神《しん》姫《き》〉
彩瀬まる　やがて海へと届く
浅生　鴨　伴走者
天野純希　有楽斎の戦

天野純希　雑《さい》賀《か》のいくさ姫《ひめ》
青木祐子　コーチ！〈はげまし屋・立花ことりのクライアントファイル〉
秋《あき》保《う》水《すい》菓《か》　コンビニなしでは生きられない
相沢沙呼　medium《メディウム》 霊媒探偵城塚《じょうづか》翡翠《ひすい》
新井見枝香　本屋の新井
碧野　圭　凜として弓を引く
五木寛之　ソフィアの秋
五木寛之　狼のブルース
五木寛之　海峡物語
五木寛之　風花のひと
五木寛之　鳥の歌(上)(下)
五木寛之　燃える秋
五木寛之　真夜中の望遠鏡〈流されゆく日々'78〉
五木寛之　ナホトカ青春航路〈流されゆく日々'79〉
五木寛之　旅の幻燈
五木寛之　他力
五木寛之　こころの天気図
五木寛之　新装版 恋歌
五木寛之　百寺巡礼 第一巻 奈良

五木寛之 百寺巡礼 第二巻 北陸
五木寛之 百寺巡礼 第三巻 京都I
五木寛之 百寺巡礼 第四巻 滋賀・東海
五木寛之 百寺巡礼 第五巻 関東・信州
五木寛之 百寺巡礼 第六巻 関西
五木寛之 百寺巡礼 第七巻 東北
五木寛之 百寺巡礼 第八巻 山陰・山陽
五木寛之 百寺巡礼 第九巻 京都II
五木寛之 百寺巡礼 第十巻 四国・九州
五木寛之 海外版 百寺巡礼 インド1
五木寛之 海外版 百寺巡礼 インド2
五木寛之 海外版 百寺巡礼 朝鮮半島
五木寛之 海外版 百寺巡礼 中 国
五木寛之 海外版 百寺巡礼 ブータン
五木寛之 海外版 百寺巡礼 日本・アメリカ
五木寛之 青春の門 第七部 挑戦篇
五木寛之 青春の門 第八部 風雲篇
五木寛之 青春の門 第九部 漂流篇
五木寛之 親鸞 青春篇(上)(下)

五木寛之 親鸞 激動篇(上)(下)
五木寛之 親鸞 完結篇(上)(下)
五木寛之 五木寛之の金沢さんぽ
五木寛之 海を見ていたジョニー 新装版
井上ひさし モッキンポット師の後始末
井上ひさし ナ イ ン
井上ひさし 四千万歩の男 全五冊
井上ひさし 四千万歩の男 忠敬の生き方
井上ひさし 司馬遼太郎 新装版 国家・宗教・日本人
池波正太郎 私 の 歳 月
池波正太郎 よい匂いのする一夜
池波正太郎 梅安料理ごよみ
池波正太郎 わが家の夕めし
池波正太郎 新装版 緑のオリンピア
池波正太郎 新装版 殺しの四人〈仕掛人・藤枝梅安(一)〉
池波正太郎 新装版 梅安蟻地獄〈仕掛人・藤枝梅安(二)〉
池波正太郎 新装版 梅安最合傘〈仕掛人・藤枝梅安(三)〉
池波正太郎 新装版 梅安針供養〈仕掛人・藤枝梅安(四)〉
池波正太郎 新装版 梅安乱れ雲〈仕掛人・藤枝梅安(五)〉

池波正太郎 新装版 梅安影法師〈仕掛人・藤枝梅安(六)〉
池波正太郎 新装版 梅安冬時雨〈仕掛人・藤枝梅安(七)〉
池波正太郎 新装版 忍びの女(上)(下)
池波正太郎 新装版 殺しの掟
池波正太郎 新装版 抜討ち半九郎
池波正太郎 新装版 娼婦の眼
池波正太郎 近藤勇白書(上)(下)〈レジェンド歴史時代小説〉
井上 靖 楊貴妃伝
石牟礼道子 新装版 苦《く》海《がい》浄《じょう》土《ど》〈わが水俣病〉
いわさきちひろ ちひろのことば
いわさきちひろ 松本 猛 いわさきちひろの絵と心
いわさきちひろ 絵本美術館編 ちひろ・子どもの情景〈文庫ギャラリー〉
いわさきちひろ 絵本美術館編 ちひろ・紫のメッセージ〈文庫ギャラリー〉
いわさきちひろ 絵本美術館編 ちひろの花ことば〈文庫ギャラリー〉
いわさきちひろ 絵本美術館編 ちひろのアンデルセン〈文庫ギャラリー〉
いわさきちひろ 絵本美術館編 ちひろ・平和への願い〈文庫ギャラリー〉
石野径一郎 新装版 ひめゆりの塔
今西錦司 生物の世界
井沢元彦 義経幻殺録

2022年3月15日現在